HEIKE FRÖHLING
Inselsommer

 aufbau taschenbuch

HEIKE FRÖHLING wurde 1971 in Unna geboren. Sie studierte Schulmusik, Germanistik und Musikwissenschaft. Als Autorin und Musiklehrerin lebt sie mit ihrem Mann und drei Kindern in Wiesbaden und Koblenz.

Karin Brahms, eine Journalistin, will endlich ihren seit Jahren aufgeschobenen Traum verwirklichen: einen eigenen Roman schreiben. Mit ihrem verwitweten Vater und den beiden Söhnen Leon und Jonas fährt sie in den Sommerferien nach Borkum. Sie möchte Sonne und Strand genießen und endlich das Buch in Angriff nehmen, doch jedes Mal, wenn sie mit dem Roman beginnen will, kommt etwas dazwischen. Zuerst ist ihre Handtasche verschwunden – dann ihr Sohn. Ihre Wege führen sie immer wieder auf die Polizeistation, und da sitzt der Kriminalhauptkommissar Andreas Wegner, ein ziemlich attraktiver Mann. Doch Männer, so hat Karin sich geschworen, werden in ihrem Leben keinen Platz mehr haben.

HEIKE FRÖHLING

Inselsommer

*Eine Liebesgeschichte
auf Borkum*

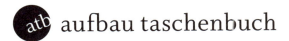 aufbau taschenbuch

ISBN 978-3-7466-2916-2

Aufbau Taschenbuch ist eine Marke
der Aufbau Verlag GmbH & Co. KG

1. Auflage 2013
© Aufbau Verlag GmbH & Co. KG, Berlin 2013
Umschlaggestaltung Mediabureau Di Stefano, Berlin
unter Verwendung von Motiven von © plainpicture: BY,
KuS, iStockphoto/26ISO und © Alimdi.net/Markus Brunner
Satz LVD GmbH, Berlin
Druck und Binden CPI – Clausen & Bosse, Leck
Printed in Germany

www.aufbau-verlag.de

1. Kapitel

»Seit Jahren bin ich mit den Jungs nicht mehr im Urlaub gewesen!« Karin schloss die Augen. Jetzt nicht aufregen! Dass es ihrem Vater aber auch immer wieder gelang, sie aus der Fassung zu bringen! »Und Borkum ist nicht am Ende der Welt.«

»Weißt du, was du mir damit antust?«

Was hatte sie in der Frauenzeitschrift gelesen? Man solle sich in solchen Situationen erst auf drei Gerüche konzentrieren, dann drei Dinge ansehen und schließlich drei Gegenstände fühlen. Das würde helfen. Und was war mit dem Hören? Hatte sie etwas überlesen? Dabei hatte sie gestern auf dem Crosstrainer im Fitnessstudio noch überlegt, sich den Text an der Theke kopieren zu lassen.

Die Luft im Wohnzimmer roch abgestanden. Sie sah sich um. Was dachte der Verfasser des Artikels, woher sie drei verschiedene Gerüche nehmen sollte? Meinte er, in jedem Haushalt befände sich ein Sortiment von Duftölen?

»Karin? Bist du noch dran?«

»Ja.«

»Das kannst du nicht machen! Du bist meine Tochter. Soll ich ganz alleine bleiben?«

Sie atmete tief durch. Drei Gegenstände ansehen.

Das Sideboard: verstaubt. Katzenfussel auf dem Teppich. Die Wäsche im Korb, die gefaltet werden musste. Dadurch sollte sich Entspannung einstellen?

»Es sind nur achtzehn Tage Urlaub. Dann sind wir zurück.«

»Wenn ich dann noch lebe.«

»Walter!« Sie wusste, was jetzt folgen würde. Wie er jahrelang verzichtet und sich um ihre Mutter gekümmert hatte. Die Krebserkrankung. Die Krankenhausaufenthalte. Metastasen. Das Pflegeheim. Die Einsamkeit nach der Beerdigung.

»Und wer kauft für mich ein? Wer fährt mich zum Arzt, wenn ich krank werde?«

»Wir kaufen auf Vorrat ein. Mittags kochen doch sowieso abwechselnd deine Nachbarinnen für dich mit. Und warum willst du zum Arzt? Du bist kerngesund.«

»Man weiß nie vorher, wann man krank wird.«

War das eine Drohung? Drei Dinge fühlen. Der trockene Mund. Das glitschige Telefon in der Hand. Die Kühle des Sofabezuges. Es half nicht. Ihr Vater würde nicht lockerlassen und kurz vor dem Abfahrtstermin den Notarzt wegen eines drohenden Herzinfarktes rufen oder etwas in der Art. Vielleicht wäre es sogar die beste Lösung für alle Beteiligten – ein gemeinsamer Urlaub?

»Und wenn du mitfährst?«, fragte sie.

»Ist denn noch ein Hotelzimmer frei?«

»Ich organisiere das schon. Aber dafür unternimmst du regelmäßig was mit den beiden Jungs. Ich brauche Zeit und Ruhe für mein Buchprojekt. Das habe ich viel zu lange vor mir hergeschoben. Ihr könnt zusammen eine Wattwanderung machen. Den Strand erkunden. Du kannst die Jungs für die Leuchttürme begeistern. Dort gibt es auch ein Wellenbad.«

»Wann fahren wir?«

2. Kapitel

»Und dann suchen wir einen netten Mann für eure Mama«, verkündete ihr Vater.

Karin schüttelte den Kopf. Dass er dieses Thema aufwerfen musste, war klar. Aber jetzt schon? Mindestens vier Stunden Fahrtzeit lagen noch vor ihnen, und am Kölner Ring, bei Wuppertal und am Kamener Kreuz waren Staus angesagt.

»Walter! Ich brauche keinen Heiratsvermittler.«

»Also wenn ich in deinem jugendlichen Alter wäre ...«

»Du bist nicht ich, und ich bin nicht du. Ich komme perfekt allein zurecht. Können wir damit diesen Punkt abschließen?«

»Gib's zu, eigentlich willst du einen Mann, der so ist wie ich«, sagte Jonas. »Ich hole sogar jeden Sonntag Brötchen. Unaufgefordert. Mit mir kann man über alles quatschen. Und Spaß haben. Ich weiß, wie man chillt. Eistee holen, Musik laufen lassen ...«

Sie sah in den Rückspiegel. Jonas unterstrich die Aufzählung seiner guten Eigenschaften mit großen Gesten. Jahrelang war er eher schüchtern und zurückhaltend gewesen. Woher nahm er plötzlich das Selbstbewusstsein?

Ein Aufschrei neben ihr ließ sie zusammenfahren. Gerade noch rechtzeitig gelang es ihr, vor dem Stauende zum Stehen zu kommen. Für ein paar Minuten sprach niemand mehr. Es fühlte sich an, als wäre die Temperatur im Wagen während des Bremsmanövers um zehn Grad gestiegen. Sie drehte die Klimaanlage eine Stufe höher. Das war knapp gewesen!

»Irgendwann muss man Enttäuschungen auch überwinden, wieder neu beginnen«, griff Walter das Gespräch auf. »Nicht alle Männer sind wie Alexander.«

»Sag nichts gegen Papa«, sagte Leon. »Er kauft mir zum Geburtstag den Todesstern. Und wir bauen ihn zusammen auf.«

»Ist das nicht das Teil, das so viel kostet wie ein neuer PC?« Sie sah Alexander vor sich. Aber wehe, es ging darum, sich für einen Elternabend freizunehmen oder beim Schulfest zu helfen.

»Und im Herbst fährt er mit uns ins Disneyland nach Paris.« Jonas hielt eine Hand in die Höhe, formte die Finger zu einem V.

»Ist ja toll, dass ich das erfahre!« Sie entdeckte ein Schild, das auf eine Ausfahrt hinwies. Nur noch tausend Meter. Im Wageninneren roch es immer stärker nach Abgasen. Auch wenn die Stauumfahrung nicht schneller gehen würde als das Warten auf der Autobahn, konnte man sich wenigstens einreden, dass es vorwärtsging. Warum hatten sie nicht den Zug genommen? Sie stellte sich ein klimatisiertes Erste-Klasse-Abteil vor. Zeit zum Lesen. Die Möglichkeit, sich häufiger die Füße zu vertreten. Und vor allem nicht diese Enge!

»Wann sind wir da?«, fragte Leon.

Sie massierte sich die Stirn. Ihre Kopfschmerzen kamen nicht nur von der schlechten Luft. »Hattet ihr nicht das iPad eingepackt?« Wieder so ein typisches Alexander-Geschenk. »Damit könnt ihr einen Film runterladen.«

Während die Jungs diskutierten, was sie sehen wollten, setzte Karin den Blinker. Die Ausfahrt.

»Ich mach mal etwas Musik an«, sagte Walter.

Diesmal protestierten die Jungs nicht. Sie waren zu beschäftigt.

»Schon dreiundzwanzig Prozent beim Download«, meinte Jonas.

Walter drückte den Sendesuchlauf, bis die Beatles erklangen mit »All You Need Is Love«. Er trommelte im Takt mit den Fingern an der Fensterscheibe. »My Generation« folgte. Karin dachte an all die Sommerabende im Schrebergarten, die Walter mit den Liedern seiner selbst zusammengestellten Kassetten umrahmt hatte. Sie schluckte. Mehr als dreißig Jahre war das her. Damals hatte sie sich oft beschwert, wenn es in den Schrebergarten gehen sollte. Im Nachhinein war es dort fast wie im Paradies. Einfach in der Hängematte ausspannen. Würstchen vom Grill. Lagerfeuer mit Freunden. Und ihre

Eltern Arm in Arm vor der Gartenhütte, Walter mit langen Haaren und seinen zerfransten Hosen, Ulrike in den wallenden Batikkleidern. Sie liebten sich noch wie frisch Verlobte, trotz aller Meinungsverschiedenheiten.

»Opa! Mach leiser! Wir verstehen den Film nicht!«, rief Leon.

»Ihr sollt nicht immer Opa zu mir sagen. Sonst fühle ich mich gleich zwanzig Jahre älter.«

»Was guckt ihr denn da?« Karin versuchte, einen Blick auf den Bildschirm zu werfen. Durch die Reflexionen war nichts als Schwärze zu erkennen. Es klang wie eine Mischung aus »Scream« und »Alarm für Cobra 11«.

»Nur Sherlock Holmes. Voll easy. Ist ab zwölf.«

»Leon ist erst zehn!« Sie beobachtete die beiden im Spiegel.

»Aber ich bin dabei, und wenn er Panik kriegt, mache ich aus.« Jonas zwinkerte seinem Bruder zu. Der grinste.

»Und es ist wirklich ein Sherlock-Holmes-Film?« Sie holte tief Luft.

»Sag ich doch.«

»Opa, mach leiser!«

»Habt ihr nicht die Kopfhörer und diesen Mehrfachstecker mitgenommen, mit dem man am Kopfhörerausgang ...« Wie sollte sie jetzt diesen Stecker beschreiben?

»Der Y-Splitter.« Jonas hielt das Teil in die Höhe.

Bald war von der Rückbank kein Laut mehr zu hören. Nur die Rolling Stones sangen »Satisfaction«. Karin lenkte vorsichtig um die Geschwindigkeitsbremsen an den Ortsbegrenzungen, damit es Leon nicht schlecht wurde.

Sie öffnete die Fensterscheibe. Warme Sommerluft strich über ihr Gesicht, während sie an alten Bauernhöfen vorbeifuhren. Es roch nach frischgemähtem Gras. In der Ferne sah sie, wie der Verkehr auf der Autobahn floss. Bei nächster Gelegenheit konnte sie die Landstraße wieder verlassen. Ihre Kopfschmerzen verschwanden so plötzlich, wie sie aufgetaucht waren. Ferien!

3. Kapitel

Könnte diese Ruhe doch ewig anhalten! Das Sonnendeck auf der Fähre war angenehm leer. Nur ein junges Pärchen stand Arm in Arm an der Reling. Der Nieselregen, der ihr ins Gesicht sprühte, und der zunehmende Seegang störten Karin nicht. Sie schloss die Augen und hörte auf die Wellen, die an den Schiffsrumpf schlugen. Während Walter sich eine Portion Kaffee und Kuchen gönnen wollte, waren die Jungs im Wagen geblieben. Sie jagten zu zweit virtuelle Verbrecher in London und weigerten sich, das Spiel zu unterbrechen, bevor Mister X gefangen war.

»Meinst du, ich habe noch nie das Meer gesehen?«, hatte Jonas auf den Vorschlag geantwortet, das iPad wegzulegen. Karin hatte auf einen Kommentar verzichtet. Klar, so ein Bildschirm hatte größeren Seltenheitswert. Aber solange es keine Ballerspiele waren, würde sie während der Ferienzeit darüber hinwegsehen. Der Wind nahm so plötzlich zu, dass sie sich an dem Geländer festhalten musste, um das Gleichgewicht nicht zu verlieren. Nun verschwand das Pärchen im Innern des Schiffes. Er hatte seinen Arm um ihre Hüfte gelegt, sie ihren Arm um seine Hüfte. Zusammen, so eng miteinander verschlungen, wirkten sie, als könnte ihnen weder der Wind noch die Zukunft etwas anhaben.

Hatten Alexander und sie früher auch einmal auf andere Zuschauer so idyllisch und unverwundbar gewirkt? Würde nach einigen Jahren die Beziehung dieses Pärchens genauso enden wie ihre eigene? Mit einem Mal fühlte Karin sich ungeheuer alt.

Der Regenmantel hielt die Feuchtigkeit größtenteils ab. Dass die Hose nass wurde, störte sie nicht. Schon lange hatte sie sich nicht mehr so lebendig gefühlt. Sollte das Wetter die gesamte Urlaubszeit unverändert bleiben – sie würde sich die Stimmung nicht verderben lassen. Es war, als bliese der Wind alle Grübeleien mit sich fort, weit auf das Meer hinaus.

Ein andauerndes Hupen riss sie aus ihren Gedanken. Eine Autoalarmanlage. Warum schaltete niemand sie ab?

Karin versuchte, sich wieder auf die Geräusche der Wellen zu konzentrieren, doch das Hupen war wie dieses hohe Fiepen im Ohr, das sie nach durchwachten Nächten bekam. Es ließ sich nicht ignorieren.

Auf dem Weg zum Restaurant kam ihr Jonas entgegen. Sein Gesicht war hochrot, sein T-Shirt durchschwitzt.

»Mann, Mama! Wir suchen dich die ganze Zeit! Die Alarmanlage. Sie geht nicht mehr aus. Es muss an den Erschütterungen liegen.«

»Unser Wagen?« Sie folgte Jonas treppab. War es wirklich so, dass alle sie anstarrten, oder bildete sie sich das nur ein? Was hatte dieser Kerl in der Billigwerkstatt nur an der Elektronik gemacht? Dabei sollte er nur die defekte Temperaturanzeige reparieren.

Sobald sie den Schlüssel ins Zündschloss steckte und die Zündung startete, hörte das Hupen auf. Vom Sprinten stach es in ihrer Lunge. Wie lange hatte sie sich schon vorgenommen, wieder regelmäßig Sport zu treiben? Sie wischte sich mit dem Ärmel den Schweiß von der Stirn.

»Wo ist Leon?« Sie sah sich um.

»Kommt bestimmt gleich zurück. Er hat dich auch gesucht. Echt uncool, wenn wir jetzt das Spiel neu anfangen müssen. Wir hatten Mister X gerade eingekreist.«

»Mama!« Zuerst sah sie den blonden Haarschopf zwischen den geparkten Wagen auftauchen. Leon.

»Der Spielstand wurde gespeichert.« Jonas seufzte erleichtert.

»Na, dann könnt ihr ja weiterspielen.« Sie umarmte Leon kurz, der die Berührung abwehrte. Liebkosungen zwischen Mutter und Sohn waren vor dem älteren Bruder genauso peinlich wie vor den Klassenkameraden. Wie konnte sie das nur immer wieder vergessen?

»Ihr findet mich auf dem Sonnendeck«, sagte sie.

Auf halbem Weg stieß sie mit ihrem Vater zusammen. Er kam gerade von der Toilette. Irgendetwas an ihm schien seltsam, ohne dass sie genau beschreiben konnte, was es war.

»Geht's dir gut?«, fragte sie.

»Bestens. Bestens.«

Sein Grinsen ließ sich nicht einordnen.

»Ist bei dir im Restaurant noch ein Platz frei?«

Walter zögerte, dann meinte er: »Logisch.«

Logisch? Seit wann drückte er sich so aus? Das klang mehr nach Leon als nach Walter. Und seit wann kaute er Kaugummi? »Ich komme mit dir.« Sie stockte. »Etwas an dir riecht so …«

»Ach das. Der Pullover. Er hat im Schrank neben der neuen Lieferung von Räucherkerzen gelegen. Moschus.« Wie zum Beweis hielt er ihr den Ärmel entgegen.

Das war kein Moschusgeruch. Und für Duftkerzen roch es viel zu süßlich. Das war dieser Geh-dir-mal-ein-Eis-holen-Geruch. Unverkennbar.

Früher im Schrebergarten, wenn die Stimmung fröhlicher und ausgelassener geworden war, wenn sie ein unangenehmes Magengrummeln beim Gedanken an die Nachbarn bekommen hatte, war Walter zu ihrer Hängematte gekommen. Manchmal sagte auch Ulrike Bescheid.

»Geh dir mal ein Eis holen«, hieß es dann. Immer dieselben Worte, es war wie ein Ritual. Karin liebte den Eisstand vor der Post. Besonders das Vanilleeis schmeckte unübertrefflich. Gelb mit kleinen, schwarzen Punkten. Echte Vanille. Aber sie wollte nicht weggeschickt werden. Irgendetwas ging vor sich. Weswegen war denn sonst schon viermal die Polizei aufgetaucht? Sie hätte sogar auf das Eis verzichtet, um zu erfahren, was die Erwachsenen vor ihr verbargen. Einmal versteckte sie sich hinter der Hecke, anstatt in Richtung Post zu gehen.

Sie lachten. Sie tanzten. Sie rauchten. Nichts Ungewöhnliches. Die Erwachsenen setzten sich alle ans Feuer, so dicht, dass Karin Angst hatte, Ulrikes weites Blumenkleid könnte Feuer fangen. So genau Karin auch beobachtet hatte, es war ihr nichts aufgefallen außer dem süßlichen Geruch, der wie eine Wolke zu ihr herübergeweht war.

Heute ließ sie sich von Walter nichts mehr vormachen.

»Walter, du hast …«, begann sie. Es ließ sich nicht aussprechen.

»Du hast …«, sagte sie erneut. Unmöglich. Vor all den Zuhörern konnte sie das Wort nicht benennen. Als sie ein drittes Mal ansetzen wollte, erklang wieder das Hupen.

»Unsere Alarmanlage.« Sie drehte sich um. »Keine Sorge, nur Fehlalarm.«

Sie beeilte sich nicht, als sie treppab ging.

Niemand war auf dem Parkdeck zu sehen. Das Hupen ließ eine Gänsehaut auf ihren Unterarmen entstehen. Obwohl die Beifahrertür offen stand, war von den Jungs keine Spur zu entdecken.

»Jonas? Leon?« Ihre Stimme schaffte es nicht, das Lärmen zu übertönen. Zuerst entschärfte sie die Alarmanlage. Es musste doch eine Möglichkeit geben, diesen überempfindlichen Mechanismus vollständig auszuschalten! Reichte es, eine bestimmte Sicherung herauszunehmen? Die Nummer der Werkstatt hatte sie in ihrem Handy gespeichert. Wo lag denn nur ihre Handtasche? Das übliche Versteck unter dem Fahrersitz war leer. Ihre Hände zitterten, als sie den Fahrzeugboden unter dem Beifahrersitz und vor der Rückbank abtastete. Nichts. Das iPad lag noch neben Leons Jacke. Sie hatte die Tasche nur im Wagen gelassen, weil sie davon ausgegangen war, die Jungs würden nicht weggehen!

»Jonas! Leon!« In der Tasche befand sich nicht nur das Handy. Das Portemonnaie mit all den Kredit- und Scheckkarten, Führerschein, Personalausweis, Krankenkassenkarten. Vierhundert Euro in bar. Und die größte Katastrophe: das Notebook mit allen Passwörtern der Onlineshops im Adressverzeichnis. Die Datei mit dem Manuskriptanfang von dem neuen Roman.

Sie sank auf den Fahrersitz. Ihre Beine fühlten sich wie gelähmt an. In ihren Ohren summte es. Sie wollte schreien, aber es ging nicht. Nur ein heiserer Laut kam aus ihrer Kehle.

»Mama?«

Sie zuckte zusammen, als sie die Berührung an ihrer Schulter spürte.

»Geht es dir nicht gut?«, fragte Leon.

»Wie könnt ihr nur! Die Tür offen lassen! Meine Handtasche ist weg! Weißt du, was das bedeutet? Wenn auch nur einer von euch sein Hirn einschalten könnte!« Je lauter sie wurde, umso mehr löste sich ihre Anspannung. Sie schlug mit den Fäusten auf die Hupe. Es war ihr gleichgültig, dass immer mehr Zuschauer um den Wagen herumstanden und ihr zusahen. Sollte es doch die ganze Welt erfahren!

Das Licht, als die Laderampe geöffnet wurde, blendete sie.

»Komm her, Kleines.«

Sie wehrte sich nicht, als Walter sie aus dem Auto zog und zum Beifahrersitz führte.

»Besser, ich fahre. Wo ist der Schlüssel?«, fragte er.

»Im Zündschloss.«

4. Kapitel

Während Walter und die beiden Jungs das Gepäck vom Auto ins Hotel brachten, dachte Karin an die gestohlene Handtasche. Ihr erster Weg würde sie zur Polizei führen. Was für ein Start in die Ferien! Das Polizeirevier war von ihrem Zimmerfenster aus zu sehen.

Sie musste nur die Schienen der Inselbahn überqueren, schon war sie da. Nachdem sie die Eingangstür zur Wache aufgedrückt hatte, stutzte sie beim Blick auf das runde, rote Schild, das auf dem Glas der zweiten Tür angebracht war. Einfahrt verboten. Sie wusste nicht, was sie erwartet hatte, aber das nicht. In dem linken Raum, der auch verschlossen war, stand ein Kommissar an einer Theke. Er bedeutete ihr, auf einem der drei orangefarbenen Plastikschalen im Vorraum zu warten, dann setzte er das Gespräch mit einem alten Mann fort. Rechnete jemand damit, dass ein Irrer mit einem Messer – oder was immer für einer Waffe – hereinstürmte, um ein Gemetzel anzurichten? Wenn es so war, gab sie das einzig erreichbare Opfer ab. Möglich, dass diese Barrieren gegen Eindringlinge nie gebraucht wurden, doch allein das Vorhandensein trübte ihr Bild einer idyllischen Urlaubsinsel. Dort säße nämlich ein alternder Kommissar hinter einem Schreibtisch, würde an seiner Kaffeetasse nippen und jede Abwechslung willkommen heißen.

Es dauerte nicht lange, bis sie an der Reihe war. Der alte Mann grummelte etwas, als er an ihr vorbei ins Freie eilte.

»Was kann ich für Sie tun?«

Karins Blick glitt über sein Hemd zu dem Gesicht des Polizisten. Seine blauen Augen wirkten, als seien sie perfekt auf die Farbe des Hemdes abgestimmt. Oder das Hemd auf die Augen?

»Ja?«, fragte er.

Sie räusperte sich und verschluckte sich an ihrer Atemluft.

»Soll ich Ihnen ein Glas Wasser bringen?«

»Es geht schon. – Mir ist meine Handtasche gestohlen worden. Gerade eben auf der Fähre. Wir waren auf dem Weg hierhin.« Meine Güte, was redete sie? Was stand sie vor dem Polizisten wie eine stotternde Erstklässlerin? Natürlich waren sie auf dem Weg zur Insel gewesen, sonst stünde sie nicht vor ihm.

Er notierte die Angaben, die sie zu dem Vorfall machte.

Sie versuchte sich an den Namen des Schauspielers zu erinnern, an den er sie denken ließ. Zusammen mit den beiden Jungs hatte sie im letzten Sommer den Film von diesem Pharmavertreter angesehen. Sie hatte sich dazu überreden lassen, weil

Anne Hathaway in der anderen Hauptrolle zu sehen gewesen war.

Wie war es zu dem Diebstahl gekommen?

Während sie redete, zwang sie sich, seine Augen nicht anzustarren, die in einem ungewöhnlichen Kontrast zu den dunkelbraunen Haaren standen. Oder erinnerte er sie an einen der Teilnehmer der Tour de France? Sie hätte um hundert Euro gewettet, dass er regelmäßig Ausdauersport trieb.

Was befand sich genau in der Handtasche? Sie verstand nicht, wie es möglich war, dass sie nie auf die Farbe ihres Portemonnaies geachtet hatte. Hatte sie das dunkelgrüne in Verwendung oder das braune?

»Als Zeugin bin ich völlig unbrauchbar.« Sie versuchte zu lächeln.

Wenn er dasselbe meinte, ließ er es sich nicht anmerken. Was dachte er überhaupt? Sollte es ihr nicht egal sein, was in seinem Kopf vorging?

»Es tut mir leid«, sagte sie, »aber es ist so eine Hektik gewesen. Der Aufbruch. Zusammen mit meinem Vater und meinen beiden Söhnen auf dem Weg in den Urlaub. Sie können es sich nicht vorstellen.«

»Urlaub ist immer eine Ausnahmesituation. Ich weiß, wovon ich spreche.« Wie er es formulierte, hörte es sich an, als verstünde er, was sie sagen wollte, längst bevor sie es ausgesprochen hatte. Sie nickte. Ausnahmesituation. Wusste er, wie sehr sie auf Worte achtete?

»Unterschreiben Sie hier«, unterbrach er ihre

Gedanken. »Ich gebe Ihnen eine Bescheinigung über die Anzeigenerstattung mit. Die brauchen Sie fürs Einwohnermeldeamt, wenn Sie neue Papiere beantragen.«

Sie versuchte, ihn nicht anzustarren. Seine Augen wirkten mit einem Mal heller, was einen extremen Gegensatz zu seinen dunkelbraunen Haaren bildete.

»Meinen Sie, Sie finden die Tasche wieder?«, fragte sie.

»Die Strafanzeige geht an die Staatsanwaltschaft. Wir melden uns, wenn sich etwas ergibt.«

Sie verabschiedete sich, zwang sich, nach draußen zu gehen, ohne sich noch einmal umzudrehen.

Auf halber Strecke kam ihr Walter mit den beiden Jungs entgegen. Walter trug eine Badehose, Sandalen und ein verwaschenes T-Shirt mit der Aufschrift »Peace and Love«, das zwanzig Jahre alt war – mindestens.

»Wo wollt ihr denn hin? Ist das nicht zu kühl?« Karin deutete auf seine nackten Beine.

»Bald kommt die Sonne raus. Und es ist Flut. Wir baden.«

Sie spürte erste Regentropfen auf der Stirn. »Und die Koffer? Habt ihr schon ausgepackt?«

»Die laufen nicht weg. Willst du nicht mitkommen?« Walter nahm ihre Hand.

Sie löste sich von ihm. »Ich kümmere mich um die Koffer.«

5. Kapitel

Im Hotelzimmer streifte sie die Schuhe von den Füßen und ließ sich aufs Bett fallen. Das Rattern der eintreffenden Inselbahn drang durch das gekippte Fenster und mischte sich mit den Geräuschen von Fahrradklingeln, Kinderlachen und Rufen. Der Wind bauschte die Gardine auf. Die Decke unter ihr fühlte sich kühl und weich an. Karin streckte die Arme aus und merkte, wie ihre Müdigkeit zunahm. Kam das von der Seeluft oder davon, dass ausnahmsweise keine anderen Arbeiten außer dem Auspacken der Koffer anstanden? Das Handy hatte sie ausgeschaltet, da es sich in das niederländische Netz eingeloggt hatte.

Sie wehrte sich nicht dagegen, als sie spürte, wie ihr die Augen zufielen. »Urlaub ist immer eine Ausnahmesituation«, hörte sie die Stimme des Kommissars im Halbschlaf. »Ich weiß, wovon ich spreche.« Sie nickte, sah seine Augen vor sich, wie sie heller wurden. Passierte das jedes Mal, wenn er jemanden ansah? Er war keiner der Männer, die viel redeten, das hatte sie sofort gespürt.

Als sie aufwachte, war es draußen dunkel. Sie setzte sich so ruckartig auf, dass ihr schwindelig wurde.

In ihrem Kopf rauschte es, ein Prickeln durchlief Arme und Beine. Aus dem Nebenraum drang Stimmengewirr. Jonas' Lachen war deutlich herauszuhören.

Sie strich sich die Haare glatt, dann ging sie zum Nachbarzimmer. Erst auf ihr viertes Klopfen hin öffnete Leon.

Im Fernsehen liefen Bilder von den Olympischen Spielen. Schwimmen der Männer. Seit wann interessierten sich die beiden Jungs für Sport? Doch alles, was Walter vorschlug oder tat, übte auf die beiden einen besonderen Reiz aus. Wenn Walter dieses Phänomen nur einmal in ihrem Sinne ausnützen könnte. Er sollte Jonas und Leon begreiflich machen, wie wichtig es war, Vokabeln zu lernen, sich generell in der Schule anzustrengen.

»Möchtest du?« Jonas hielt ihr eine Chipstüte entgegen. Sie begann, die Kalorien zu überschlagen, die sie an diesem Tag schon zu sich genommen hatte, und hörte bei der Schwarzwälder Kirschtorte auf, die sie sich in der Raststätte zum Nachtisch gegönnt hatte.

»Wollen wir noch etwas Vernünftiges essen gehen?« Sie dachte an einen Salat. Und das Dressing würde sie extra bestellen, man musste die Salatblätter darin ja nicht ertränken.

»Ist genug da.« Walter zeigte auf die Knabbereien, die auf dem Tisch ausgebreitet waren. »Setz dich doch zu uns.«

Die Bettdecke war von Krümeln übersät. Auf dem Fußboden sah es aus, als hätte eine gesamte Schulklasse eine Orgie gefeiert.

»Ich bin eigentlich nicht hungrig.« Zu spät essen soll sowieso ungesund sein, sagte man. Sie schüttelte den Kopf. »Ich räume mal die Koffer aus, und ihr wollt bestimmt auch hier noch Ordnung schaffen.«

»Ja! Erster Platz für die USA. Was habe ich gesagt? Fünf Euro kriege ich jetzt von jedem.« Leon klatschte in die Hände.

»Ihr wettet um Geld?« Karin sah zu Walter. Das konnte nur seine Idee gewesen sein.

Als sie keine Antwort erhielt, kehrte sie in ihr eigenes Zimmer zurück.

Zuerst räumte sie Leons Kofferinhalt in die rechte Schrankhälfte, dann öffnete sie ihren grauen Hartschalenkoffer. Ihr Atem stockte beim Blick auf das dunkelbraune Leder. Die Handtasche! Wie kam sie an diesen Ort? Sie selbst hatte die Tasche dort niemals hingelegt. Und warum waren ihre Kleidungsstücke zusammengeknautscht, als hätte sie Schmutzwäsche für den Transport zur nächsten Waschmaschine zusammengerafft?

»Jonas! Leon! Walter!« Sie rannte zum Gang.

»Mama?« Jonas sah sie entsetzt an.

»Was ist?« Leon sah sich im Raum um.

»Wer hat meine Handtasche in den Koffer gelegt?«

»Jetzt fällt es mir wieder ein«, sagte Walter. »Als ich den Kofferraum aufgemacht habe, nach dem Mittagessen, da war der Koffer rausgefallen. Und aufgegangen. Dabei habe ich wohl die Tasche …«

»Und ich renne zur Polizeistation, gebe eine Strafanzeige auf!« Karin stellte sich vor, Walter zu schütteln. So etwas konnte man doch nicht vergessen. »Wie lächerlich ist das denn? Soll ich morgen früh in die Wache spazieren und …« Sie schluckte. Ihr fehlten die Worte.

»Wenn du willst, mache ich das für dich.« Walter senkte den Blick. Er stand so nah bei ihr, dass sie den Geruch von Sanddorn und Alkohol roch, der von ihm ausging. Auch das noch.

»Ist eine Spezialität hier. Sanddornlikör.« Walter setzte sich aufs Bett.

»Und das vor den Jungs!«

»Meine Güte! Ich bin nicht betrunken. Und ich kann direkt zur Polizei gehen und die Sache klären, wenn dich das beruhigt.« Er wandte sich zur Tür.

»Nein!«

»Du weißt nicht, was du möchtest. Das ist dein Problem. Erst willst du nicht gehen, daraus folgt, dass jemand anderes das über die Bühne bringen sollte. Und dann biete ich es dir freundlich an …«

»Walter!« Ihre Stimme klang so scharf, dass sie selbst zusammenzuckte. Karin lief im Raum auf und ab und ließ Walter und die Jungs dabei nicht aus den Augen. Es fühlte sich an, als würde das Hotelzimmer von Schritt zu Schritt schrumpfen, als böte es nicht mehr genügend Platz für sie alle.

»Ich erledige das schon. Aber morgen. Und jetzt lasst uns schlafen«, sagte sie.

Diesmal widersprach niemand. Es war, als hätten die drei ein untrügliches Gefühl dafür, wenn sie knapp davor war, die Kontrolle zu verlieren.

»Du bist müde«, meinte Walter.

»Das bin ich.« Ihre Antwort hörte sich wie eine Drohung an und war auch durchaus so gemeint.

»Gute Nacht.«

»Nacht.« Ob sie gut werden sollte, würde sich noch herausstellen. Karin schloss hinter Walter und Jonas die Tür ab und wandte sich an Leon. »Du kannst zuerst duschen gehen.«

Er verschwand so schnell aus ihrem Blickfeld, als hätte er Sorge, sie würde ihm dabei zusehen wollen. Sie öffnete das Fenster und lehnte sich hinaus. Es fühlte sich an, als trüge die Seeluft ihre Aufregung langsam mit sich weg, weit über das Meer. Als ihr Atem sich beruhigt hatte, legte sie die Bescheinigung über die Anzeigenerstattung auf ihren Nachttisch. Wegner. Die Unterschrift des Kommissars war deutlich lesbar. Und wie er das g nach unten geschwungen hatte … Aus dem Badezimmer drang das Prasseln des Duschwassers.

6. Kapitel

Der Wind ließ in der Nacht das gekippte Fenster auf- und zuschlagen. Es klang, als ob jemand von außen gegen die Scheibe schlug. Sogar durch das Ohropax war das Klopfen fast unvermindert zu hören. Bum. Bum. Bum. Kühle Luft, die nach Salz roch, strich Karin über die Stirn und über die nackten Füße. Es war eine Erlösung im Vergleich zu den tropischen Temperaturen zu Hause. Der Luftzug war so angenehm, dass sie beschloss, die Klopfgeräusche zu ignorieren und sich stattdessen die Wachsbällchen fester in die Ohren zu drücken.

Bevor sie die Schlafbrille wieder zurechtrückte, sah sie zu Leon hinüber. Im Schlaf, wenn seine Gesichtszüge entspannt waren und er seine betonte Lässigkeit nicht mehr aufrechterhalten musste, um seinen älteren Bruder zu beeindrucken, erinnerte Leon an das Kind, das er einmal gewesen war: unbeschwert, anhänglich und zugleich wild.

Karin schob den Gedanken beiseite und zog die Schlafbrille über die Augen. Zeiten ändern sich. Dafür fand sie jetzt endlich Ruhe zum Schreiben.

Es war, als rückte das Geräusch des schlagenden Fensters immer weiter weg. Ihr Körper fühlte sich angenehm schwer an, bis ein Stoß sie aus dem Halbschlaf riss. Leons Knie. Volltreffer. Sein Bein ruhte nun auf ihrem Rücken. Sie rutschte mehr an den Matratzenrand. Leon seufzte. Er lag da, als bereitete er sich auf eine Laufbahn als Yogalehrer vor. Seine Beine waren wie in einer perfekten Lotosstellung gekreuzt. Dadurch nahmen seine Gliedmaßen wie ausgebreitete, riesige Schmetterlingsflügel drei Viertel des gesamten Doppelbettes ein. Warum hatte sie sich nur von Walter zu dieser Zimmerverteilung hinreißen lassen?

Dann schob Leon seinen Kopf auf ihr Kissen. Sie kniete sich neben ihn, hob seinen Körper mitsamt dem Kissen an.

»Komm. Leg dich gerade hin.«

»Ja«, murmelte er, ohne dabei aufzuwachen.

Wie schwer er war! So, wie er lag, konnte sie ihn kaum wieder zurück in die Ausgangsposition heben. Aber ihr gelang es, ihn vollständig horizontal zu drehen, so dass sein Oberkörper in seinem Bett lag, seine Beine in ihrem. Nun belegte er nur die beiden Fußenden, die Kopfenden blieben für sie übrig. Das würde gehen, dachte sie, bis sie einen dumpfen Schmerz im Rücken spürte, als hätte sie sich verhoben. Sie unterdrückte ein Stöhnen, während sie die verkrampfte Hüfte aus der Ritze zwischen den Matratzen löste. Wo war ihre Schlafbrille? Sie tastete neben sich.

»Mama?« Leon setzte sich auf.

Karin zog ein Ohropax aus dem Gehörgang. »Alles gut. Schlaf weiter.«

»Was ist das für ein Donnern?«

»Der Wind. Das gekippte Fenster geht auf und zu.«

Er rollte sich zusammen, schloss die Augen, und sofort ging sein Atem ruhig. Wie machte er das nur? Leon konnte überall und jederzeit einschlafen. Der Wecker zeigte 2:36 Uhr an.

»Leon?«

»Hmm.«

»Legst du dich bitte gerade hin? Ich kann so nicht schlafen.«

»Was?«

»Gerade liegen.«

»Ah.« Er nahm sein Kissen, ließ sich auf seine ursprüngliche Bettseite sinken und schlief genauso schnell ein, wie er aufgewacht war. Hatte sie dieses Talent früher auch einmal besessen? Sie wickelte die Decke um ihren Körper. Nein, das hatte Leon eindeutig von Walter geerbt.

Als sie aufwachte, war die Schlafbrille wieder verrutscht. Es war kurz nach sechs. Die Sonne strahlte in ihr Zimmer. Leon studierte ein Buch über Meerestiere und aß dabei Schokolade.

»Hey, Mama«, sagte er.

»Guten Morgen.« In ihrem Kopf hämmerte es. Nichts war gut. Sie fühlte sich, als hätte sie eine Flasche Rotwein allein geleert. Siebzehn Urlaubstage lagen vor ihr. Der Gedanke verstärkte ihre Abgeschlagenheit.

Für ein paar Minuten wollte sie das Fenster vollständig öffnen. Ihr Blick blieb an dem vorbeijoggenden Mann hängen, der so schnell lief, als handele es sich um einen Sprintwettbewerb. Als er für einen Moment aufsah, erkannte sie ihn – den Kommissar, der gestern die Anzeige aufgenommen hatte.

»Ist etwas?«, fragte Leon und musterte sie.

»Lies einfach weiter, ich arbeite an meinem Roman.« Sie schloss das Fenster wieder. Direkt nach dem Aufwachen war die Zeit, in der ihr die besten Ideen kamen.

Leon brummte Unverständliches.

Zuerst nahm sie sich ihr Exposé und die bisherigen Skizzen vor, um zurück in die Handlung zu finden.

Um acht Uhr hatte sie noch kein einziges Wort geschrieben. Es waren nicht nur die Müdigkeit und die Gegenwart von Leon, die ihre Gedanken abschweifen ließen, sondern auch der bevorstehende Gang zur Polizei. Sobald das Bild des Kommissars – Wagner oder Wegner? – vor ihr auftauchte, fühlte sie sich wie ein Teenager, der auf der Schultoilette beim Küssen ertappt worden war.

»Ziehen wir uns an. Um halb neun sind wir zum Frühstück verabredet.« Karin schloss den Ordner mit einem Knall.

In der Zeit, in der sie sich die Kleidungsstücke für den Tag heraussuchte, hatte Leon das Bad schon wieder verlassen. »Das ging schnell.« Sie sah ihn genau an.

»Fast hundertdreißig Liter an Trinkwasser verbrauchen die Deutschen jeden Tag. Vor sechzig Jahren waren es nur fünfundachtzig Liter. Gerade auf den Nordseeinseln ist es wichtig, das Wasser bewusst einzusetzen. Man denkt, dass es hier Wasser im Überfluss gibt ...«

»Was nicht heißt, dass wir alle dreckig rumlaufen müssen. Noch einmal ab unter die Dusche mit dir, guck mal dein Gesicht im Spiegel an. Es ist voller Schokolade.«

»Ich bin in der Sonne braun geworden. Riech.« Er hielt ihr seinen Kopf entgegen. Shampoo roch anders. Doch an diesem Tag war sie zu müde, um über Wasserschutz und Artensterben zu diskutieren.

»In Ordnung, dann gehe ich jetzt ins Bad. Du kannst für das Frühstück einen Tisch reservieren.«

Das heiße Duschwasser lockerte langsam die Verspannungen. Schwerer, als die Blockade zu bekämpfen, war es, die dunklen Augenringe zum Verschwinden zu bringen. Sie benötigte für dieses Vorhaben bestimmt die doppelte Menge des Concealers, der noch in der kleinen Glasdose vorhanden war. Hatte sie beim Blick aus dem Hotelzimmer auf der linken

Seite nicht eine Drogerie gesehen? Doch das half im Augenblick nicht weiter.

Eine Viertelstunde brauchte sie, um mit dem Rest der Abdeckcreme, mehreren dünnen Lagen von Make-up und etwas Lipgloss ihr Gesicht so aussehen zu lassen, dass sie vor ihrem eigenen Spiegelbild nicht zurückschreckte. Für einen Außenstehenden wirkte sie völlig ungeschminkt, ausgeschlafen und wach. Perfekt. Sie tupfte mit einem Papiertuch ein letztes Mal vorsichtig über die Farbschichten.

»Fertig«, sagte Leon zur Begrüßung und schob seine Brötchenkrümel auf dem Teller zusammen.

»Und wo sind die anderen?« Karin sah sich im Frühstücksraum um.

»Pennen noch.«

»Dann gehe ich sie mal holen.«

»Würde ich nicht tun. Ich bin schon da gewesen, und Walter, na ja, du weißt selbst, wie er drauf ist, wenn ihm was gegen den Strich geht. Er hat mit Jonas noch irgendeinen Film geguckt.«

Fast eine Stunde später als verabredet, betraten Walter und Jonas den Speisesaal.

»Zeit für ein Frühstück«, rief Walter so laut, dass sich alle Blicke auf ihn richteten.

»Ich kann auch eine zweite Stärkung gebrauchen«, stimmte Leon zu. »Magst du ein Croissant, Mama?«

»Danke, nein.« Sie wartete, bis alle am Tisch Platz genommen hatten. Sie räusperte sich. »Ich habe es schon direkt nach dem Aufwachen im Büro abgeklärt. Ihr braucht also gar nicht mehr versuchen, mich umzustimmen. Ab der nächsten Nacht nehme ich mir ein Einzelzimmer.«

Walter sah kurz zu ihr auf, widmete sich dann wieder seinem Brötchen.

»Soll ich etwa alleine schlafen?« Leon sah sie mit großen Augen an.

»Das tust du doch zu Hause immer. Oder Jonas teilt sich mit dir das Doppelzimmer.« Sie zuckte mit den Schultern. Von diesem Entschluss würde sie sich nicht abbringen lassen. Allnächtliche Tritte von Leon in die Seite, ein Kampf um jeden Quadratzentimeter Bett? Wie sollte sie so die Tage überstehen, geschweige denn an ihrem Buch arbeiten?

»Ach, und plötzlich ist Geld da?«, sagte Jonas. »Aber wenn es um meine Tour nach Frankreich geht und um eine Taschengelderhöhung …« Er funkelte sie an. »Jedenfalls bleibe ich bei Walter. Mit ihm ist es echt cool.«

Leon öffnete seinen Mund und vergaß, ihn wieder zu schließen. »Dann schlafe ich eben mit bei Walter und Jonas.«

»Klar. Nimm die Couch.« Walter nickte.

»Ist das nicht zu eng?«, fragte Karin, obwohl sie die Antwort schon kannte. Das Hotelzimmer bot deutlich mehr Raum als seine Gartenhütte, und wenn sie daran dachte, wie viele Freunde und Freundesfreunde dort Platz fanden, erübrigte sich jede Nachfrage. Walter hätte kein Problem damit, zehn zusätzliche Gäste auf dem Boden seines Zimmers nächtigen zu lassen. Für ihn hätte auch nichts dagegengesprochen, das Bad als außerplanmäßigen Schlafraum zu nutzen.

»Zusammen wird es erst gemütlich«, sagte Walter.

Karin zuckte mit den Schultern, als sie die Zustimmung in den Gesichtern von Jonas und Leon sah. Widerspruch war zwecklos.

So sparte sie die Kosten für ein weiteres Hotelzimmer. Trotzdem war sie sich nicht sicher, ob es eine gute Idee war.

7. Kapitel

Unschlüssig stand Karin vor dem roten Backsteingebäude. Sie hatte es viel zu lange vor sich hergeschoben. Dann atmete sie tief ein, drückte die erste
Tür auf. Der Polizist sah ihr direkt in die Augen, so
dass sie nicht anders konnte: Sie hielt die Luft an.
Zur Erklärung hob sie die Handtasche und die Bescheinigung über die Strafanzeige hoch. Der Tür-
summer ertönte. Ihre Handinnenflächen waren so
feucht, dass sie am Türgriff abrutschte. In den beiden Hinterzimmern war niemand zu erkennen.

»Moin, moin«, sagte er und ihr fiel auf, dass er
ein ähnliches Kinn wie ihr Exmann hatte. Das Beste an Alexander war sein Kinn gewesen mit dem
kleinen Grübchen in der Mitte. Stundenlang hatte
sie mit Sabine über dieses Kinn reden können, damals vor der Geburt der Jungs, was gefühlte fünfzig
Jahre zurücklag.

»Die Handtasche ist …« Sie merkte mitten im Satz,
dass sie vergessen hatte, ihn zu grüßen. »Hallo.«

»Ihre vermisste Handtasche?«, fragte er.

Sie nickte. »Mein Vater hat sie in meinem Gepäck
verstaut. Ich will damit nicht sagen, dass mein Vater … Ich hätte eher im Koffer nachsehen sollen.«

»Jetzt ist die Tasche wieder da. Das ist die Hauptsache. Ich notiere es.« Sie zwang sich, nicht weiter auf sein Kinn zu starren. »Du hast ja einen Kinntick«, hatte Sabine damals schmunzelnd gesagt. Es stimmte wohl. Wobei das Kinn bei Männern eine Körperregion war, der deutlich zu wenig Beachtung geschenkt wurde, fand Karin. Wie viele Männer gab es in diesem Land, die ein schönes Kinn hatten, das markant war, aber nicht dominant wirkte? Ihr waren in den vergangenen neununddreißig Jahren erst zwei Männer begegnet, auf die das zutraf: Alexander und der Kommissar.

Sie fuhr sich über den Kopf, um Haarsträhnen aus dem Gesicht zu streichen. Haare blieben an den Händen kleben und lösten sich auch nicht, als sie damit über die Jeans streifte. Eher wickelten sie sich um die Finger.

»Danke«, sagte sie.

»Wofür?«

»Wirklich.« Sie hob den rechten Arm zum Abschied. »Und ist die Sache jetzt erledigt?«

Der Polizist lächelte. »Einen schönen Urlaub noch.«

»Sind am Strand«, stand an der Tür ihres Hotelzimmers auf einem Klebezettel. Sie versuchte, Walter auf dem Handy zu erreichen, doch sein Gerät war ausgeschaltet. Etwas Besseres konnte nicht passieren.

Sie sollte die Zeit nutzen, um an ihrem Roman zu arbeiten. Deswegen war sie hier. Sie schloss die Tür auf und verharrte vor dem Garderobenständer. Die Sonne brach zwischen den Wolken hervor, warf helle Streifen auf den Fußboden und tauchte den gesamten Raum in ein warmes Licht. Das ideale Wetter für eine Erkundung der Insel. Es war, als könne sie von draußen ein Rufen hören, das ihr galt. Oder sie gestattete sich einen Spaziergang, nur kurz, um die Ideen für ihren Roman zu sortieren? War eine Runde an der frischen Luft nicht das beste Mittel, um sich besser zu konzentrieren? Das Klappern des Schlüssels in ihrer Hand klang wie ein Startsignal. Sie drehte sich um, ohne Jacke und Schuhe auszuziehen, und verließ das Hotelzimmer.

Am neuen Leuchtturm vorbei ging sie zur Strandpromenade, schlug den Weg nach rechts ein, der die Dünen entlangführte. Hinter ihr läuteten Fahrradklingeln. Noch bevor sie zur Seite springen konnte, fuhr eine Gruppe Jugendlicher so dicht neben ihr vorbei, dass sie den Fahrtwind spürte und jeden Moment befürchtete, eine Lenkradstange in die Rippen zu bekommen. Als das Überholmanöver beendet war, klingelte es wieder.

Auch als sie kein weiteres Fahrrad sah oder hörte, drehte sich Karin ständig noch um. So beschloss sie, bei nächster Gelegenheit aufs Meer zuzugehen, dort, wo sich eine Schneise zwischen den Dünen befand.

Auf den ersten Blick hatte es ausgesehen, als wäre das Wasser ganz nah gewesen, doch eine Viertelstunde später war sie noch immer nicht am Meer angekommen. Stattdessen konnte sie auf der anderen Seite die Dünen kaum mehr erkennen. Sie war von Sand umgeben, wie in einer Wüste. Karin wischte sich mit dem Ärmel über die Stirn und zog sich die Schuhe aus.

Endlich. Der Strand. Sie zog ihr Handy aus der Tasche. Diese Landschaft musste sie unbedingt fotografieren. Diese Farbtöne! Rechts das Meer in reinem Azurblau mit dem Weiß der Gischt. Oben strahlte der wolkenlose Himmel, links leuchtete der Strand so hellgelb, dass es in den Augen brannte, wenn sie länger hinsah. Der ockerfarbene, feuchte Sand unter ihren Füßen bildete einen ruhigen Kontrast dazu. Weder vor ihr noch hinter ihr war ein Mensch zu sehen. Die Sonne reflektierte so stark auf dem Display, dass sie nicht erkennen konnte, ob das Foto gelungen war. Für ein paar Atemzüge schloss sie die Augen und vergegenwärtigte sich die Farben. Das tosende Rauschen rechts, die Wärme auf der Stirn, das Kitzeln des Sandes unter ihren Fußsohlen … Auch wenn die Handykamera die Belichtung richtig angepasst hatte, konnte das Foto nur einen kläglichen Teil der Wirklichkeit einfangen. Sie holte ihren Notizblock hervor, der eigentlich zur Ideensammlung für ihren neuen Roman dienen sollte.

»Farbenspiel«, schrieb sie oben auf die Seite. Dann strömten die Wörter aus ihr heraus, als kämen sie von jemand anderem. Aus Wörtern wurden Sätze, aus Sätzen ganze Abschnitte, die sich zu Szenen zusammenfügten.

Als sie den Füller zudrehte, fühlte sie sich erholt wie nach einer gesamten Urlaubswoche. Wie lange hatte sie nicht mehr einfach das notiert, was ihr in den Sinn kam, ohne an die Vermarktbarkeit zu denken? Sie konnte sich nicht erinnern, nur daran, wie sie als Sechzehnjährige unter Tränen eine Kurzgeschichte über eine unerwiderte Liebe geschrieben hatte. Das war der Augenblick, der ihr gezeigt hatte, was ihre Berufung war: Autorin sein. Einmal wollte sie einen eigenen Roman verfassen.

Obwohl sie den Namen des Jungen nicht mehr wusste, der sie damals zurückgewiesen hatte, so erinnerte sie sich genau an den Moment des Schreibens. Dann, wenn sich wie heute und wie vor zweiundzwanzig Jahren Einzelbilder zu Szenen und zu einem größeren Ganzen zusammensetzten, konnte sie nicht anders. Sie musste einen Stift in die Hand nehmen und versuchen, die Gedanken einzufangen. Sie liebte diese Tagträume. Nun lag die Aufgabe vor ihr, diese Stimmungen festzuhalten und sie in eine literarische Form zu bringen. Nur ein Problem gab es bei ihrem Vorhaben, und das hieß »Thema«. Ein Roman bestand nicht nur aus einzelnen Puzzleteilen, sondern brauchte ein Thema. Eine

Aussage. Und diese war in Absprache mit der Agentur schon getroffen worden, und Strandwanderungen fügten sich definitiv nicht in ihren Plan. Ihr Text sollte zeitlos sein, sich mit der Problematik der Identität in der modernen Zeit auseinandersetzen. Wo bleibt der Mensch, wenn es nur darum geht, sich in einem Assessment-Center perfekt zu präsentieren und sich anschließend in persönlichen Coachings selbst zu überarbeiten, bis die Leistungsfähigkeit den Erwartungen der Wirtschaft entspricht? Karin wusste darauf keine Antwort, aber sie wollte polarisieren, Entwürfe gegenüberstellen. Auch ein Verlag hatte bereits Interesse signalisiert.

Neben dem Problem »Thema« gab es eine zweite Hürde, die sie bei der Ausarbeitung ihres Exposés überwinden musste. Und die hieß: Max Frisch. Er hatte sich genau derselben Thematik gewidmet, die sie für ihr Romanprojekt gewählt hatte. Und damit würde sie verglichen werden, zwangsläufig. Unter dem Aspekt betrachtete sie ihre eigenen geschriebenen Sätze in einem anderen Licht. Sie schienen in sich zusammenzuschrumpfen.

»Ich bin nicht Stiller«, hatte Frisch seinen Roman »Stiller« begonnen. Dieser Beginn schwebte wie eine Gewitterwolke über ihr, ließ sie immer wieder den Drang verspüren, Stift und Notizblock einzupacken und sich in Sicherheit zu bringen, bevor der Wolkenbruch über ihr niederging. »Tag für Tag, seit meiner Einlieferung in dieses Gefängnis, das noch zu beschreiben sein wird, sage ich es, schwöre ich es und fordere Whisky, ansonsten ich jede weitere Aussage verweigere.« Das waren Max Frischs erste Zeilen. Sie konnte dem Echo dieser Sätze nicht entkommen, wenn sie weiterschrieb. Diese Worte erschienen ihr wie purer Sadismus für alle Autoren, die planten, danach etwas in ähnlicher Richtung zu schreiben. Theoretisch hätte sie auf genau diesen Romananfang kommen können, aber praktisch hatte es jemanden vor ihr gegeben, der ihr sozusagen die Worte aus dem Mund genommen hatte. Wie so oft endeten ihre Überlegungen mit dem Fazit, dass sie selbst eben doch nicht auf einen solchen Romaneinstieg gekommen wäre, sosehr sie es sich auch wünschte. Sie lenkte ihre Gedanken zurück auf die Umgebung, auf den Sand unter ihr, den Himmel über ihr, die Wärme der Sonne auf ihrer Haut. Wenn sie weitergrübelte, würde sie in völlige Resignation verfallen. Noch konnte sie dem Einhalt gebieten. Nicht zu viel denken. Einfach tun.

Karin stand auf und ging weiter, tauchte ganz in das Farbenbild ihrer Umgebung ein. Anfangs war der feuchte Sand unter ihr fest wie Lehm. Als sie die Landzunge erreichte, war er so weich, dass sie bis zu den Knöcheln im Schlick einsank. Sie lauschte auf die schmatzenden Geräusche, wenn sie die Füße hob. Es wurde mühsamer, sich vorwärtszubewegen, doch sie genoss es, zu spüren, wie die Erschöpfung langsam von ihr Besitz ergriff und ihre

Gedanken zur Ruhe kommen ließ. Sie brauchte gar nicht gegen ihre Zweifel an ihrem Romanprojekt anzukämpfen. Die Überlegungen, die sie begann, lösten sich automatisch in der Mitte auf, ohne dass es ihr gelang, sie zu Ende zu führen. Neben der einfachen Fortbewegung blieb kein Raum für tiefschürfende Erwägungen.

Wie in Trance überquerte sie den knietiefen Priel, um den Badestrand zu erreichen. So erschöpft und gleichzeitig so unbeschwert hatte sie sich seit Jahren nicht mehr gefühlt.

8. Kapitel

Der Strand wurde immer voller, je näher sie der Ortschaft kam. Konnte man von der Sonne und dem Meer betrunken werden? Oder war es das gleichmäßige Brandungsgeräusch der Wellen, das ihre Sinne schärfte? Nie zuvor hatte sie den Geruch von Sonnenmilch auf warmer Haut so intensiv wahrgenommen. Nur wenige Meter entfernt sah sie Walter und Jonas auf einer Picknickdecke liegen.

»Wo ist Leon?«, fragte sie.

»Hallo, Karin.« Walter schlug die Augen auf. »Traumhaft hier.«

»Wo ist Leon denn?«

»Keep cool, Mama«, sagte Jonas, »der ist im Dorf und will irgendwelche Viecher fotografieren. Kennst du doch. Wenn der sich mal was vorgenommen hat …«

»Und ihr habt ihn allein losgehen lassen?« Sie konnte es nicht glauben.

»Er ist zehn Jahre alt und keine drei mehr.« Walter drehte sich auf die Seite.

»Eben. Zehn Jahre und nicht sechzehn.« Es hatte keinen Zweck, zu diskutieren, wenn Walter sie nicht einmal ansah. »Und wohin ist er gegangen?«

»Die Schienen entlang zum Hafen«, erklärte Jonas.

Ohne sich zu verabschieden, eilte Karin los. Etwas war passiert! Es war, als würde ihr jemand gewaltsam die Lunge zusammenpressen.

Am neuen Leuchtturm verpasste sie die Abbiegung nach rechts, obwohl die weiße Rückseite des Hotels mit der Aufschrift »Rummeni« schon von Weitem zu sehen gewesen war. In ihren Seiten stach es vom ungewohnten Sprint.

»Mama!«, rief es hinter dir. Sie sah sich um. Leon kam auf sie zu, begleitet von dem Kommissar, der sich um ihre nicht verschwundene Handtasche gekümmert hatte. Sie schluckte, als sie seinen ernsten Blick sah. Leon drehte den Kopf abwechselnd zu ihr und zu Kommissar Wegner, dann blieb er stehen und starrte auf den Boden. Hatte er in einem der Geschäfte etwas mitgehen lassen? Sein schuldbewusster Gesichtsausdruck ließ kaum einen anderen Rückschluss zu.

»Ist das Ihr Sohn?«, fragte der Kommissar. »Ich wollte ihn gerade mit auf die Wache nehmen.«

In dem Moment hätte sie am liebsten verneint. Stattdessen nickte sie und spürte, wie sich ihr Gesicht immer heißer anfühlte.

»Reisende haben uns von der Bahn aus angerufen. Auch Anwohner haben sich Sorgen gemacht. Der Junge hat auf den Gleisen gespielt und ist erst knapp vor dem Zug weggesprungen, dass bei einer Notbremsung …« Der Rest des Satzes verschwand wie hinter einer dicken Glaswand. Sie sah seine Mundbewegungen. Seine Worte wurden von dem Rauschen in ihren Ohren verschluckt.

»Notbremsung. Auf den Gleisen.« Karin wiederholte es, um zu begreifen. Es blieb unfassbar. »Was hast du auf den Schienen zu suchen?« Sie versuchte, gelassen zu klingen, doch ihre Stimme überschlug sich.

»Die toten Tiere.« Leon hielt seine Kamera in die Höhe, als genügte das als Erklärung.

»Was?« Sie stellte sich vor, ihn zu schütteln.

»Ich wollte sie nur fotografieren und ins Internet stellen, die toten Tiere«, sagte Leon und zuckte mit den Schultern.

»Gehen wir ins Hotel«, schlug Kommissar Wegner vor und nahm Leons Hand.

Sie folgte den beiden. Wie sie die Stufen hochging, dachte sie an eine Verurteilte, die zum Schafott geführt wurde.

Zu dieser Uhrzeit befand sich niemand in dem Saal, der weiter zum Buffet führte. Karin setzte sich wie betäubt auf den Stuhl, den der Kommissar für sie zurechtgerückt hatte. Leon versuchte sichtlich, so viel Abstand wie möglich von ihr zu halten, indem er sich schräg gegenüber niederließ.

»Bitte noch einmal von vorn«, sagte sie. »Du warst auf den Gleisen. Warum?«

Leon schwieg. Er biss auf seine Unterlippe.

»Ich gehe nicht davon aus, dass er das Risiko

richtig einschätzen konnte und den Bremsweg ...«, begann Kommissar Wegner.

»Als Kleinkind habe ich ihm beigebracht, dass Schienen kein Spielplatz sind und reale Züge sich von einer Märklin-Eisenbahn unterscheiden!« Karin schwitzte. Es fühlte sich an, als würde sich die Feuchtigkeit unter ihrer Jacke stauen. Sie zog die Jacke aus und hängte sie über den Stuhl, doch das linderte das Hitzegefühl nicht.

»So etwas ist meistens ein Hilferuf, nicht der Versuch, sich das Leben zu nehmen. Welche Schwierigkeiten auch existieren, Außenstehende können das nicht so schnell beurteilen. Es gibt vielfältige Unterstützungsmöglichkeiten.«

Unterstützungsmöglichkeiten. Wie sich das anhörte! Sollte sie die Super-Nanny rufen und im Fernsehen verkünden, ihr Sohn entwickele sich mit seinen zehn Jahren zum Selbstmörder? Zwar konnte sie keine Aufnahmen einer prügelnden, keifenden Mutter bieten, aber nachgestellte Szenen von Leon vor dem Zug wären so publikumswirksam, dass das die Einschaltquote verdoppeln würde.

»Ich habe keine Erklärung«, sagte sie. Ihr Blick streifte den von Leon. Er biss noch immer auf seine Unterlippe. »Jetzt sag schon was!«, fuhr sie ihn an.

»Was ich meine, interessiert ja sowieso niemanden mehr«, flüsterte er.

Sie kannte seinen Gesichtsausdruck nur zu gut, wenn er die Zähne fest aufeinanderbiss, so dass an den Wangen die Kiefermuskeln hervortraten, die dann an entzündete Backenzähne erinnerten. Jede Beteuerung oder Beschwichtigung ihrerseits führte nur dazu, dass er ganz und gar verstockt reagierte.

Sie ließ den Blick durch den Raum schweifen und zwang sich, ruhig zu atmen. So lässig wie möglich lehnte sie sich zurück und legte die Hände in den Schoß.

Auch Kommissar Wegner schien zu wissen, dass Abwarten das Einzige war, mit dem man Leon nun zum Sprechen bringen konnte.

»Ich habe es doch schon erklärt. Ich rede keinen Scheiß«, begann Leon.

Der Kommissar nickte, und sie tat es ihm nach.

»Mir geht es um die Tiere.« Leons Gesichtszüge entspannten sich. Tränen tropften ihm von Kinn und Nase und hinterließen auf der weißen Tischdecke dunkle Flecken.

»Ich habe gelesen, dass nicht nur Autobahnen für Tiere gefährlich sind. Von Zügen werden sie genauso oft überfahren: Katzen, Hunde, Wildschweine, Rehe, Schwäne.«

»Du hast das gelesen«, sagte Kommissar Wegner.

»Ja, ein Artikel bei SchülerVZ. Da hat jemand sein Referat reingestellt.«

Sie unterdrückte die Bemerkung, dass bei dem Referat bestimmt nicht dabeistand, welche Note der

Schüler dafür bekommen hatte. Und was für ein Lehrer ließ sich auf so ein Thema ein?

»SchülerVZ«, wiederholte der Kommissar.

»Ich habe es auch zuerst nicht glauben wollen. Das klingt total irre.« Leon schluckte. »Und dann habe ich diese tote Möwe gesehen. Kein schöner Anblick. Sie war halb verwest. Diese hysterische Frau hat mich von den Gleisen weggezerrt. Ich habe so getan, als gehe ich. Aber ich habe mich nur versteckt. Als sie weg war, bin ich zurück zu der Möwe. Ich wollte doch nur ein Foto machen. Nur hat die Belichtungsautomatik irgendwie nicht geklappt. Da habe ich versucht, die Blende und die Zeit selber einzustellen. Und das hat nicht funktioniert. Entweder war die Aufnahme zu dunkel, oder sie war zu hell und verwackelt. Als ein Zug gekommen ist, bin ich natürlich weggesprungen.«

»Nach dem Anruf zu urteilen bist du sehr spät weggesprungen.«

»Ich war voll in Action, und der Wind war so laut. Ich weiß auch nicht warum, aber ich habe den Zug eben nicht eher gehört.« Sein Gesicht glänzte feucht. Er schluchzte. Wie er dasaß, in sich zusammengesunken, mit hängenden Schultern und zitternden Fingern, hätte Karin ihn am liebsten in den Arm genommen und getröstet. Doch so einfach wollte sie es ihm nicht machen.

»Dann bist du wieder zu den Schienen zurückgekehrt?«, fragte sie. Sonst hätte der Kommissar ihn dort nicht aufgreifen können.

»Das Foto war nicht fertig. Man konnte wirklich nichts auf dem Display erkennen. Und was sollte schon passieren? Der Zug war ja weg. Ich wollte eben probieren, die Blende auf einen mittleren Wert zu stellen und nur die Zeit zu verändern. Die Sache mal logisch angehen. Hätte bestimmt auch geklappt, wenn der da nicht …« Leon zeigte auf Kommissar Wegner.

Karin massierte sich die Stirn. Das Hämmern dahinter wurde nicht weniger. So abstrus sich Leons Erklärung anhörte, so entsprach sie doch dieser seltsamen inneren Logik, die typisch für ihn war. Während er erzählt hatte, war er Karins Blick nicht ausgewichen. Sie glaubte ihm.

»Ich lasse es bei einer Verwarnung, wenn du mir versprichst, in Zukunft nur zusammen mit deinen Eltern in die Nähe der Gleise zu gehen. Wenn ich dich aber noch einmal an der Inselbahn erwische …« Er brauchte den Satz nicht zu beenden.

Leon hob die rechte Hand wie zu einem Schwur. »War echt blöd. Ich tue es nie wieder. Und auch wenn ich kein Foto von der Möwe geschafft habe, ist das egal. Ehrenwort.«

»Gib mal deine Kamera«, sagte Kommissar Wegner.

»Es ist die alte von meinem Vater. Die gehört

jetzt mir.« Leon zögerte, dann reichte er den Foto-apparat über den Tisch.

Es knirschte, als der Kommissar auf einen Knopf drückte und am Objektiv drehte. »Du hattest sie mit am Strand.«

»Woher wissen Sie das?«, fragte Leon.

»Komm mal her. Ich zeige dir, was du tun musst.« Er löste das Objektiv vom Gehäuse ab, pustete. Ka-rin konnte nicht genau erkennen, was er mit dem Taschentuch an der Kamera tat.

»Kauf dir einen Blasebalg. Gibt es hier im Foto-geschäft und kostet bestimmt nur ein paar Euro.« Er schraubte das Gerät zusammen. Das Knirschen war verschwunden.

»Ich mache ein Foto von euch. Zum Test.« Leon drückte auf den Auslöser. Es klickte. Wie er lachte, als er das Display betrachtete, wusste sie, dass die Kamera funktionierte.

»Zur Möwe gehst du aber trotzdem nicht.« Kom-missar Wegner zwinkerte Leon zu.

Sie fragte sich, warum der Kommissar das tat. War-um setzte er sich so sehr für Leon ein? Sie schluck-te. Das Hitzegefühl verschwand von einer Sekunde auf die nächste. Sie fror. Auf ihren Armen bildete sich eine Gänsehaut.

»Alles in Ordnung?«, erkundigte er sich und sah sie an.

»Klar«, sagte sie und versuchte, die Gänsehaut

wegzureiben. Vor ihrem inneren Auge tauchte das Bild von Leon auf, wie sein zerfetzter Körper neben den Schienen lag. Meine Güte, wie diese Dummheit hätte ausgehen können! Und sie saßen zu dritt beieinander, idyllisch wie eine Familie, der Kommissar reparierte die Kamera. Sie probierte, den Gedanken an den möglichen Unfall beiseitezudrängen. Es funktionierte nicht.

Sie drehte sich, um ihre Jacke zu erreichen. Dabei rutschte das Kleidungsstück vom Stuhl auf den Boden. In ihr fühlte es sich an, als befände sich dort eine explosive Mischung, die bei jeder Bewegung in die Luft gehen könnte.

Warum hatte sie Leon nicht einen Vater bieten können, der sich mit ihm beschäftigte, der auf ihn einging, nicht Geschenke und Geldzuwendungen mit Zuneigungsbekundungen verwechselte?

»Geh schon einmal vor in dein Zimmer. Deine Mama kommt gleich nach. Einen Besuch auf der Wache erspare ich dir noch einmal«, sagte Kommissar Wegner.

Sie starrte auf die Tischfläche, um die Fassung nicht zu verlieren, und hörte, wie sich Leon entfernte. Jeder seiner Schritte klang wie ein Hüpfer.

Der Kommissar bückte sich, hob ihre Jacke auf und legte sie ihr über die Schulter.

»Kann ich noch etwas für Sie tun?«, fragte er.

Wann hatte jemand ihr zum letzten Mal diese Frage gestellt? Sie konnte sich nicht erinnern. Sie war diejenige, die dafür da war, für andere zu denken und zu handeln.

Warum? Warum tat er das? Warum kümmerte er sich so um sie?

»Zum Glück ist nichts wirklich Schlimmes passiert«, sagte er.

Sie durfte sein Bemühen nicht persönlich nehmen! Er meinte nicht sie, sondern er war ein Profi, weshalb er sich so vorbildlich verhielt. Sie würde nicht in diese Gefühlsfalle tappen, die sie im Kontakt zwischen Alexander und dessen Patientinnen und Patienten häufig beobachtet hatte. Jahrelang hatte sie nur den Kopf geschüttelt, wenn er mit Blumensträußen, eingemachtem Obst, gepökeltem Fleisch und unzähligen Dankeskarten und anderen Zuneigungsbekundungen aus dem Dienst gekommen war. Alexander war an seiner schnellen Beförderung interessiert, weshalb er im Job immer sein Bestes gab. Er hörte zu, wenn jemand seine Beschwerden schilderte, machte Überstunden, las sogar im Urlaub nichts als Fachzeitschriften und hatte den Verständnisvoll-Blick perfekt eingeübt. Alexander konnte völlig konzentriert und empathisch wirken, während er innerlich seinen Terminkalender sortierte. Ihr war es durch ihr Nachfragen nicht verborgen geblieben. Was meinst du dazu? Was habe ich gerade gesagt? Darauf wusste er keine Antwort, sondern redete sich heraus. Aber Patienten fragten nicht nach, sie verbrachten nicht genügend

Zeit mit ihm, um hinter seine Fassade zu sehen. Alexander hatte es genossen, als der perfekte Arzt zu gelten, als leibhaftige Mischung aus Dr. House – allerdings ohne dessen Zynismus – und Professor Brinkmann.

Sie schlüpfte mit den Armen vollständig in die Jacke und zog den Reißverschluss bis zum Kinn zu.

»Danke für Ihre Hilfe«, sagte sie, stand auf und streckte ihren Arm vor.

Er streifte ihren Arm, dann ergriff er ihre Hand zum Abschied. Sie blinzelte, um die Tränen, die in ihr aufstiegen, nicht an die Oberfläche zu lassen.

»Und grüßen Sie Leon von mir.« Er packte sein Handy ein, schob seinen orangen Werbekugelschreiber in sein Notizblock.

»Mache ich.« Wieder spürte sie dieses Flirren in der Luft, wenn sie ihn ansah. Sein Mitgefühl konnte unmöglich gespielt sein. Es war, als würde sie ihn schon jahrelang kennen. Sie zwang sich, von ihm wegzusehen und an etwas anderes zu denken, als von ihm berührt zu werden. All sein Einfühlungsvermögen und die Zeit, die er sich für Leon und sie nahm, hatten nichts mit ihr persönlich zu tun. Hoffentlich wussten seine Frau und seine Kinder, wie glücklich sie sich schätzen konnten, einen solchen Mann und Vater zu haben.

9. Kapitel

»Ich lege mich hin, und du bleibst auf der Couch und liest etwas. Oder du spielst am iPad. Aber mit Kopfhörer.« Karin war so müde, dass sich jeder Schritt anfühlte, als müsse sie sich einen steilen Berg hocharbeiten. Es war nicht nur eine körperliche Erschöpfung, sondern ein Gefühl, das tief aus ihrem Innern aufstieg, von dem sie nicht sicher war, ob es jemals wieder verschwinden würde.

»Und wenn ich in Walters Zimmer …«, setzte Leon an.

»Nein!«

»Oder raus?«

»Nein.« Sie ahnte, was er dachte. »Und noch mal nein. Ich schließe uns ein, und der Schlüssel verschwindet in meinem Kopfkissenbezug.«

Leons Schuhe schleiften beim Gehen über den Teppichboden. Mit gesenktem Kopf sah er sie an, als würde er jeden Moment in Tränen ausbrechen. Sein Erpresserblick, der verdeutlichen sollte, was für eine gemeine Mutter sie war. Hatte er schon vergessen, was er sich gerade geleistet hatte?

»Du sperrst mich ein?«, fragte er.

»Uns beide.«

»Und wenn es anfängt zu brennen?«

»Laufen wir raus.«

»Aber wie willst du den Schlüssel schnell aus dem Kopfkissenbezug rauskriegen?«

Sie zuckte mit den Schultern. »Glaub mir, wenn es brennt, öffne ich früh genug.«

»Und wenn nicht?«

»Dann müssen wir wohl verbrennen. Meine Güte, Leon, hör auf, irgendwelche Argumente zu konstruieren. Du bleibst hier. Punkt.« Wenn sie mit ihm die Diskussion weiterführen würde, müsste sie sich noch auf einen Ufo-Angriff oder eine Sintflut vorbereiten.

»Und wenn Walter uns sucht?«, fragte Leon.

»Wir heften eine Notiz an die Tür, dass wir uns ausruhen.« Um die Zeit bis zum Abendessen zu überbrücken, gab sie ihm eine Packung Kekse und drei Bifis. Das reichte. Sie schrieb einen Zettel für Walter, heftete ihn von außen an die Tür, schloss ab und ließ den Schlüssel im Kopfkissenbezug verschwinden. Der erwartete Protest blieb aus. Schweigend lümmelte er sich auf der Couch und starrte gelangweilt aus dem Fenster. Sie legte sich ins Bett, spürte seinen Blick auf ihrem Rücken wie ein Kribbeln.

»Hol dir was zum Lesen«, sagte sie.

»Keine Lust.«

»Oder das iPad. Hat Jonas nicht neue Filme runtergeladen? Hier gibt es auch WLAN.«

»Nee.«

Sie setzte sich die Schlafbrille auf und zog sich die Decke bis über das Kinn. Sobald sie aufhörte, ihren Atem zu kontrollieren, ging er wieder schnell und stoßweise.

Durch die Lücke zwischen Stoff und Nase konnte sie Leon beobachten, wie er darauf zu warten schien, dass sie ihre Meinung änderte und auf den Mittagsschlaf verzichtete. Wie sollte sie sich entspannen, wenn er sie so anstarrte? Sie stellte sich vor, er wäre noch immer das neugeborene Baby, das gerade aus dem Krankenhaus entlassen worden war. Wie er neben ihr gelegen und sie das Heben und Senken seines Brustkorbes beobachtet hatte. Wie ein Wunder! Sie hatte sich kaum getraut, sich auf die andere Seite zu legen, um ihn nicht zu wecken.

Ihre Gedanken flossen langsamer, und sie ließ sich tiefer in die Matratze sinken.

Es war kurz nach fünf, als Karin aufwachte. Über vier Stunden lang hatte sie geschlafen.

Aus Walters Zimmer dröhnten so laut die Beatles, dass sie jedes Wort verstand.

»Did you think that money was heaven-sent? Friday night arrives without a suitcase, Sunday morning creeping like a nun. Monday's child has learned to tie his bootlace. See how they run ...«

Dazu war ein Stampfen zu hören, das sie am Boden unter ihren nackten Füßen als Erschütterungen spürte. Walter hatte noch so viel Energie, dass er auf Mallorca als Alleinunterhalter arbeiten könnte. Leon lag auf der Couch und schlief. Seine Beine ragten über die Lehne. Als sie an ihm vorbeiging, um die Zimmertür aufzuschließen, setzte er sich kurz auf.

»Ja«, sagte er und sank sofort wieder zurück.

So leise wie möglich verließ sie ihr Zimmer. Als hätte Walter ihr Kommen geahnt, hörte die Musik auf. Karin klopfte. Er öffnete.

»Ausgeschlafen?«, fragte er und lächelte.

Sie ließ ihren Blick durch den Raum schweifen, entdeckte aber nichts Auffälliges.

»Du hast nichts genommen, oder?«

»Ist jetzt in deinen Augen schon jeder verdächtig, der nicht mit Trauermiene in einer Ecke hocken bleibt?«

»Und wo ist Jonas?«

»Er duscht. Sonst noch Fragen?«

»Du hast keine Ahnung, was sich Leon ausgedacht hat. Und das in der Zeit, als du auf ihn aufpassen solltest!«

»Er ist kein Baby mehr.« Walters Handbewegung wirkte, als wolle er die Gedanken, was alles passiert sein könnte, wie eine Fliege wegscheuchen.

»Die Polizei hat ihn aufgegriffen.«

Bei dem Wort »Polizei« zuckte Walter zusammen. Er ging ein paar Schritte zurück.

»Polizei? Komm rein. Und nicht so laut.«

Karin ließ beim Erzählen kein Detail aus. Sein Gesicht wurde bleich. Jonas kam im Bademantel dazu. Er lehnte sich an die Wand wie auf einem Schiff im Sturm.

»Er hätte überfahren werden können«, schloss sie ihren Bericht.

»Aber es ist nur bei dieser Verwarnung geblieben.« Walter atmete auf.

»Ist ja schon mal was«, meinte Jonas.

Als Leon klopfte und Karin öffnete, sagte niemand ein Wort. Walter und den beiden Jungs war die Sache sichtbar unangenehm. Diesmal widerstand sie dem Bedürfnis, etwas Versöhnliches zu sagen oder das Geschehene mit den üblichen Floskeln abzuschwächen. »Ist ja nichts passiert« – »Solange es kein Weltuntergang ist …« – es lag ihr auf der Zunge. Vielleicht reichten ihre Ausführungen, wenn sie sie nicht relativierte, dass die drei für ein paar Tage auf alle unüberlegten Aktionen verzichteten und vorher über die Konsequenzen nachdachten.

»Wer will mit in die Pizzeria?« Walter wechselte unruhig von einem Bein aufs andere.

»Wir sind an der Nordsee. Wollen wir nicht lieber ein Fischrestaurant suchen?«, überlegte Karin.

»Ich komme mit.« Jonas hob seine Hand. »Aber bloß keinen Fisch. Du isst ja auch nie Handkäs mit Musik, obwohl es das zu Hause in jeder Eckkneipe gibt. Das ist eine echte Spezialität.«

»Pizza? Au ja!«, rief Leon.

»Und du?« Walter sah sie an.

»Vielleicht kommt der Hunger ja beim Zusehen«, sagte sie und konnte ein Lächeln nicht unterdrücken.

Karin wählte einen Salat, während Walter sich mit den Jungs eine Familienpizza teilte, die mit ihren Ausmaßen den Großteil des Tisches ausfüllte und kaum noch Platz für die Teller ließ. Sie spürte, wie sich von Minute zu Minute die Spannungen lösten. Der Geruch von zerlaufenem Käse, frisch gebackenem Hefeteig und heißer Salami stieg ihr in die Nase.

»Wenn du willst – ist genug da«, bot Walter an.

»Ich habe gar keinen so großen Hunger.« Das stimmte nicht. Aber wenn sie nicht achtgab, brachte sie schnell fünf Kilo mehr auf die Waage. Sie sah dem Treiben auf der Straße zu, wie ein Pärchen sich küsste, wie ein Mann und eine Frau ihre kleine Tochter zwischen sich an den Armen hielten und in die Luft warfen. »Engelchen flieg«, das hatte Walter so oft früher mit ihr gespielt.

»Ihr hättet sehen sollen, wie er sie angeguckt hat«, hörte Karin Leon neben sich sagen. Sie versuchte in den Gesichtern zu lesen, worüber sie sprachen. Walter gelang es nicht, sein Grinsen hinter der vorgehaltenen Hand zu verbergen. Leon schaute auf seine Knie, als sich ihre Blicke begegneten.

»Von wem redet ihr?«, fragte sie.

»Von dem Polizisten«, sagte Leon.

»Und was ist mit ihm?« Karin spürte ein Prickeln auf der Stirn. Sie fand ihn … ganz nett. Das war er. Aber was konnte man daran so bemerkenswert finden?

»Ist doch in Ordnung, wenn du die Chancen nutzt, die sich ergeben«, meinte Walter. »Mal abgesehen von seiner Berufswahl. Da muss je etwas mit ihm nicht stimmen …«

Sie schüttelte den Kopf. »So etwas wie heute an der Inselbahn darf einfach nicht mehr passieren.«

»Du müsstest dich sehen, wie du guckst.« Jonas' Grinsen wurde noch breiter. Wie auf ein Zeichen hin wandten sich alle drei wieder ihrer Pizza zu. Karin drehte sich ruckartig um. War dort jemand? Sie glaubte, die Anwesenheit von Kommissar Wegner zu spüren, aber hinter ihr befand sich nur der leere Gang zu den Toiletten.

10. Kapitel

Walter verschwand nach dem Essen mit den Jungs im Hotel auf seinem Zimmer, um sich die Zeit bis zum Schlafengehen mit Brettspielen zu vertreiben. Karin legte sich mit Schreibblock und Füller ins Bett. Obwohl sie mittags geschlafen hatte, spürte sie, wie sich ihre Glieder von Minute zu Minute schwerer anfühlten und ihre Gedanken langsamer flossen. Von draußen wehte ein kühler Wind über ihre nackten Beine. Sie schloss die Augen.

Als sie merkte, wie die Füllfeder in ihrer Hand das Bettlaken berührte, zuckte sie zusammen. Zum Glück hatte die Feder auf dem Stoff keinen Fleck hinterlassen. Die Tinte war längst eingetrocknet. In die obere Ecke des Blockes versuchte sie, ein kleines Herz zu zeichnen, doch auf dem Papier war auch nach dem zehnten Versuch nichts zu sehen. Wo waren noch einmal die Taschentücher? Sie richtete sich auf. Ihre Beinmuskeln brannten von der ungewohnten Wanderung am Vormittag. Sie durchsuchte die Schränke, ihre Handtasche und ihre Jackentaschen. Die Taschentücher blieben verschwunden. Im Bad brachte sie unter dem Wasserhahn die Tinte wieder zum Fließen, anschließend kehrte sie ins Bett zurück.

Im Exposé war die Handlung so genau beschrieben, dass sie niemals damit gerechnet hatte, dass nun beim Schreiben Probleme auftraten. Welche Autoren hatte schon das Glück, dass sowohl eine Agentur von der Idee begeistert war und dann auch ein Verlag Interesse signalisiert hatte? Gleichzeitig war sie es von ihrer Arbeit als Redakteurin gewohnt, Abgabetermine einzuhalten. Sie verstand sich selber nicht.

Marion wacht auf und spürt ein Gefühl der Entfremdung, als sei sie in das Leben einer anderen versetzt worden, so sollte der Roman beginnen.

Sie las sich das Exposé so häufig durch, bis die Buchstaben vor ihren Augen verschwammen. Es war sinnlos. Sie schaltete ihr Handy ein. Noch immer war es im niederländischen Netz angemeldet, doch das spielte nun keine Rolle mehr. Sie musste mit Sabine sprechen. Sofort.

»Berger«, erklang es am anderen Ende der Leitung.

Karin setzte sich auf die Couch. »Du glaubst nicht, wie die Reise bisher verlaufen ist«, begann sie.

Als sie wieder auf die Uhr sah, war eine Dreiviertelstunde vergangen. »Eigentlich rufe ich wegen etwas ganz anderem an«, sagte Karin. »Ich hatte nie geglaubt, dass es Schreibblockaden wirklich gibt. Aber jetzt ... nicht einmal einen einzigen Satz bringe ich zustande.« Sie hörte, wie Sabine atmete. »Nun sag was! Sabine? Bist du noch dran?«

»Ja.«

»Was meinst du mit ›ja‹?« Karin spürte, wie sich alle ihre Muskeln anspannten.

»Warum hast du es bislang nicht geschafft?«

»Was willst du damit sagen?« Ihre Stimme klang lauter als geplant.

»Seit Jahrzehnten redest du von diesem Roman. Möglicherweise ist der Schreibdrang doch nicht so groß … Oder du hast Angst, etwas von dir preiszugeben, so dass …«

»Hör auf! Das sind vielleicht deine Probleme, aber nicht meine. Ich dachte, du würdest mir helfen.«

»Wer hatte denn die Idee von einem Roman? Du oder ich?«

Karins Kopf fühlte sich an, als hätte jemand ein Eisenband darumgelegt und würde immer fester zuziehen.

»Und wenn ich einfach nicht gut genug bin?«

»Du musst dich endlich von Alexander lösen. Stürz dich in ein Abenteuer. Die Insel ist voll von attraktiven Singles in Flirtlaune.«

Karin verabschiedete sich knapp und legte auf. War es eine Verschwörung von Sabine und Walter mit dem Plan, ihr einen »netten Mann« aufzudrängen? Als ob ihre Schreibblockade etwas mit ihrer Beziehung oder ihrer Nicht-Beziehung zu tun hätte! Die eine Ehe und die nachfolgende Scheidung reichten ihr. Ähnliches brauchte sie nicht noch einmal zu erleben. Nicht gut genug … das hatte Alexander ihr mehr als deutlich zu verstehen gegeben. Obwohl sie sich für ihn innerlich zerrissen hatte in den Rollen der Geliebten, Mutter, Studierenden, es hatte nie gereicht. Aber diese – sie verbat sich, den Namen auch nur zu denken – war so gut gewesen, dass er lieber die Zeit mit ihr als mit seiner Familie verbracht hatte.

Karin nahm Block und Füller, legte beides wieder beiseite. In dieser Stimmungslage würde sie sowieso keinen vernünftigen Satz schreiben können. Sie ging ins Bad, putzte sich die Zähne, dann verabschiedete sie sich kurz von Walter und den Jungs, kehrte in ihr Zimmer zurück und löschte das Licht.

»Wie wäre es mit einem Ausflug?«, begrüßte Walter sie am nächsten Vormittag. Karin rückte sich ihren Stuhl zurecht. Leon hatte bereits aufgegessen. Ein leerer Joghurtbecher stand vor ihm, eingerahmt von Brötchenkrümeln. Jonas hatte auf einem Teller aus fünf Croissants einen Turm gebaut.

»Ach, es gibt Croissants?«, fragte sie.

»Jetzt sind leider keine mehr da.« Er brauchte nur zwei Bissen, dann befanden sich vor ihm nur noch vier Croissants. Karin schüttelte den Kopf. Was half es, eine Diskussion zu beginnen?

»Wir gehen zum Südstrand«, sagte Walter. »Da soll der Strand breiter sein und nicht so voll. Und man sieht die Schiffe, die in den Hafen einfahren und wieder auslaufen.«

Karin fühlte ihre Beine. Jede Berührung der Oberschenkel schmerzte. Wenn sie nur die Zehen hob, brannten die Unterschenkel. »Bei meinem Muskelkater nehme ich schon im Hotel lieber den Aufzug.«

»Wofür haben wir den Wagen da?« Walter zwinkerte ihr zu.

»Ist das denn erlaubt?«

»Was für eine Frage! Klar doch.« Er lehnte sich zurück. »Jonas und du, ihr esst fertig, dann holen Leon und ich das Auto. Wo ist der Schlüssel?«

Karin holte ihre Handtasche von der Stuhllehne und reichte Walter den Schlüsselbund.

11. Kapitel

Ein Hupen riss Karin aus ihren Gedanken. Sie wischte sich mit ihrer Serviette über den Mund.

»Walter!« Leon sprang auf und klopfte an die Scheibe.

Das ältere Ehepaar am Nachbartisch schüttelte den Kopf. Leon rannte aus dem Speisesaal und zog hinter sich eine Spur von gelbbraunen Krümeln her. Auch um seinen Platz war der Boden wie mit schmutzigem Schnee bedeckt. Karin bückte sich. Für Sand waren die Körner zu groß, für Brötchenkrümel fühlten sie sich zu weich und zu nachgiebig an. Schaumstoff? Dafür konnte es nur eine Ursache geben: der sich auflösende Teddy, auf dem Leon allnächtlich lag und den er gerade bei sich trug. Wobei die Bezeichnung »Teddy« kaum mehr treffend war, weil das Wesen längst die Knopfaugen verloren, den Mund abgerieben und die Arme durch häufiges Wiederannähen verkürzt hatte. Zusammen mit den Flecken, die sich nicht herauswaschen ließen, wirkte es eher wie ein gescheckter Alien.

Auf dem Weg zum Auto legte sich Karin Erklärungen zurecht, wie sie Leon überzeugen konnte, diesem Problem ein Ende zu bereiten. Er war zu groß geworden – was für ihn allerdings nur eine

Rolle spielte, wenn es darum ging, sich vor den Klassenkameraden oder vor dem älteren Bruder zu beweisen. Sie würde ihm ein neues Stofftier kaufen – kein gutes Versprechen, da er gefühlte weitere hundert Stofftiere besaß. Ob sie versuchen sollte, den Teddy gegen Geld einzutauschen und dann unauffällig zu entsorgen? Was sie auch in Erwägung zog, die Botschaft blieb dieselbe: Der Teddy musste weg. Und das gefiel Leon nicht.

Walter hielt ihr die Beifahrertür auf. Karin stieg ein und drehte sich zum Rücksitz um.

»Guckt euch die Schweinerei an. Der Boden, der Sitz, Leons Hose – alles verkrümelt«, sagte sie und schob alle taktischen Überlegungen beiseite.

»Oh.« Leon hob das rieselnde Stoffbündel hoch. Seine Unterlippe zitterte.

Karin holte einen Müllbeutel aus dem Handschuhfach. »Der lässt sich nicht mehr reparieren.«

»Nein!« Leon verbarg das Stofftier unter seinem T-Shirt.

Walter startete den Motor und tat so, als würde er von der Diskussion nichts mitbekommen.

»Sag mal was!« Karin drehte sich zur Seite.

Walter zuckte mit den Schultern.

»Klar, ist ja nicht dein Wagen, der versaut wird.«

»Ist echt Zeit, das Stinktier in die Tonne zu treten«, sagte Jonas, woraufhin Leon laut aufschluchzte.

»Es ist mein Teddy!«

»Zehn Jahre hast du ihn schon, und irgendwann ist einfach …« Karin stockte, als Walter fast einen Fahrradfahrer streifte. »Jetzt fahr vorsichtiger!«

Walter hielt an, stieg aus und kam zum Beifahrersitz. »Übernimm du, wenn du meinst, du kannst es besser.«

Karin rutschte über die Handbremse auf den Fahrersitz.

»Walter!« Leon strich hilfesuchend über Walters Arm.

»Der Junge hat recht. Was soll das denn? Wenn er seinen Teddy behalten will, flicken wir ihn.«

»Eben«, sagte Leon.

Karin zwang sich, stur geradeaus zu sehen. Wir! Wenn sie das schon hörte. Wir flicken den Teddy … Dabei war klar, dass Jonas eher zwanzig Latein-Vokabellektionen auf einmal lernen würde, als eine Nähnadel in die Hand zu nehmen. Leon war dazu ohne Hilfe niemals in der Lage, und Walter war unzählige Male gescheitert, wenn es darum ging, einen Faden durch ein Öhr zu ziehen. Bisher gab es dazu auch keine Notwendigkeit, sich solchen Aufgaben zu widmen, da erst Ulrike für ihn alle Handarbeiten erledigt hatte und danach die Nachbarinnen Schlange standen, um ihn zu unterstützen.

Endlich wurden die Wege leerer, und Karin musste nur noch vereinzelt Fahrradfahrern oder Fußgängern ausweichen.

»Hier geht es direkt in die Dünen. Da parken wir«, sagte Walter.

Karin schlug das Lenkrad ein und bremste scharf, als sie vor sich einen geparkten Streifenwagen quer auf dem Weg entdeckte. Daneben waren zwei Polizeibeamte damit beschäftigt, den Inhalt einer Plastiktüte zu untersuchen. Einer der Polizisten sah auf und kam mit ausgebreiteten Händen auf sie zu. Sie erkannte ihn an den blauen Augen, an der Art, wie er sie ansah.

»Hup mal.« Walter griff über ihren Arm. »Die können hier doch nicht die Durchfahrt völlig blockieren.« Das Hupen kam so unvermittelt und laut, dass sie zusammenzuckte.

Der Kommissar ging um den Wagen herum und öffnete die Fahrertür.

»Steigen Sie bitte aus«, sagte er.

»Warum?«, fragte Walter.

Karin löste den Gurt und verließ das Auto.

»Ihre Papiere.«

Sie zog die Handtasche hervor und suchte Führerschein und Fahrzeugschein. Was wollte er von ihr? Warum war er plötzlich so förmlich? Er tat so, als wären sie sich nie vorher begegnet. Sie musterte ihn genau. Oder hatte er einen Zwillingsbruder?

»Wissen Sie, warum ich Sie angehalten habe?«

»Kommissar Wegner?« Je länger sie ihn ansah, umso fremder erschien er ihr.

»Autos dürfen auf der Insel nur zur An- und Abreise zwischen Fährhafen und Domizil benutzt werden. Abgesehen davon – hier in den Dünen ist der Weg für jeden Verkehr gesperrt. Das ist ein Fußweg.«

»Oh.« Sie schluckte. Er war es – Kommissar Wegner. Und er war wütend. Sie sah zu Walter. Ihr Vater sortierte die herumliegenden CDs in die passenden Hüllen, als hätte er mit all dem nicht das Geringste zu tun. Sie sog die Luft durch die Zähne.

»Und jetzt?«, fragte sie. Selten hatte sie sich einsamer gefühlt.

»Fahren Sie den Wagen zum Parkplatz zurück.«

Ihre Gedanken überschlugen sich. Je intensiver sie sich darauf konzentrierte, einen einzigen Satz vorzuformulieren, umso weniger gelang es ihr.

»Und dann?« Sie sah, wie er lächelte, dasselbe Lächeln, das er ihr im Hotel geschenkt hatte. Was hatte sie ihn gefragt? Sie verstand sich selbst nicht mehr.

»Ich könnte Sie zu einem Kaffee einladen. Am Nachmittag habe ich frei. Der Hinweis auf das Autoverbot ist nicht im Geringsten persönlich gemeint«, sagte er und blickte kurz zu seinem Kollegen, der damit beschäftigt war, die Plastiktüte in den Kofferraum des Polizeiwagens zu laden, und nicht einmal aufsah.

Sie zog die Autotür vollständig auf und rammte beim Einsteigen ihre Stirn gegen die Karosserie. Für einen Moment wurde ihr schwarz vor Augen. Sie taumelte, konnte sich gerade noch festhalten.

»Haben Sie sich weh getan?«, fragte Kommissar Wegner.

»Ist keine so gute Idee mit dem Kaffee.« Sie hörte ihre Worte, als kämen sie von ganz weit weg. Hatte sie wirklich gesagt, dass sie kein Interesse an einer Verabredung hätte? Sie wollte sich selbst widersprechen, doch dann presste sie die Zähne so fest zusammen, dass es knirschte. Es war vernünftiger so. Und sie war dem Teenageralter entwachsen. Karin richtete sich auf, massierte sich den Kopf und nickte ihm zum Abschied zu. Sie sank auf den Fahrersitz. Ihre Beine fühlten sich weich und nachgiebig an. In ihren Ohren rauschte es. Sie zwang sich, ihn nicht länger anzustarren.

»Auf Wiedersehen«, sagte sie und fragte sich, ob sie lächerlich geklungen hatte. Meinte er nun, sie sehnte sich nach einer weiteren Begegnung? Ein stechender Schmerz in der linken Hand ließ sie zusammenfahren. Die Autotür wurde von außen geöffnet, so dass sie ihre Finger wegziehen konnte. Dort, wo sie zwischen Tür und Rahmen geklemmt hatten, färbte sich der weiße Streifen erst rot, dann bläulich. Eine Kerbe hatte sich ins Fleisch gedrückt. Vorsichtig bewegte sie ein Fingergelenk nach dem anderen. Gebrochen war nichts. Trotzdem schmerzte es so sehr, dass sich ihre Augen mit Tränen füllten.

»Nichts passiert.« Karin schloss die Tür an dem dafür vorgesehenen Griff. Am liebsten wäre sie aufgestanden, um Walter weiterfahren lassen, doch das hätte nur zusätzlich Zeit gekostet. Sie musste weg von diesem Ort, weg von ihm, Kommissar Wegner. Und zwar sofort.

»Warum gehst du mit ihm denn keinen Kaffee trinken?«, fragte Leon.

»Du meinst den Kommissar?« Karin spürte, wie auch Walters und Jonas' Blick auf ihr ruhten. Sie glaubte, neben dem üblichen Motorengeräusch ein Knistern zu hören von der Spannung, die sich zwischen ihr und den anderen aufbaute.

»Gut aussehen tut er ja. Durchtrainiert. Jake-Gyllenhaal-Style eben.« Im Rückspiegel sah sie, wie Leon grinste und ihr zuzwinkerte.

»Wer soll das sein?« In dem Moment fiel ihr der Name des Filmes ein, an den sie schon bei der ersten Begegnung mit dem Kommissar auf der Wache gedacht hatte: »Love and other Drugs – Nebenwirkung inklusive«. Er hatte wirklich eine Ähnlichkeit mit diesem Schauspieler.

Jonas hob die Brauen, als hätte sie eine Rechenaufgabe der ersten Klasse nicht beantworten können.

»Ich finde ihn nett«, verkündete Leon.

»Er ist Polizist.« Walter schnaubte.

Karins Gedanken überschlugen sich. Das Durchgreifen des Polizisten, wie er gerade den Ausflug beendet hatte, konnte sie nicht einfach ungeschehen machen. Doch noch mehr hasste sie es, wie tollpatschig sie sich in seiner Gegenwart verhielt, als sei sie nicht einmal fähig, in einen Wagen einzusteigen. Abgesehen davon brauchte sie keinen Mann, sie kam blendend allein zurecht. Trotzdem – wer bestimmte über ihre persönlichen Entscheidungen? Sie selbst oder ihr Vater?

»Ein Polizist an meiner Seite, das wäre etwas Neues. Warum nicht?«, fragte sie.

Walter schnappte hörbar nach Luft. »Sei froh, dass dir nähere Begegnungen mit der Polizei bisher erspart geblieben sind. Sie sind alle rechts, warten nur darauf, ihre Macht zu missbrauchen. Wenn ich an die Demonstrationen im Februar 1981 in Brokdorf denke, das war wie Krieg.«

»Walter, lass das!« Karin stoppte am Rand, so dass Fußgänger und Radfahrer gut vorbeikommen konnten. »Entweder du hörst mit deinen politisch verdrehten Diskussionen auf, oder du steigst aus. Das ist mein Wagen.«

»Du nimmst die Polizei in Schutz? Bin ich jetzt schuld, dass ich mit Tränengas und Wasserwerfern angegriffen worden bin? Bei meiner Verhaftung haben sie mich behandelt wie einen Schwerverbrecher.«

»Warum musst du immer alles politisieren? Wir reden über eine Einladung zum Kaffeetrinken«, sagte sie.

»Mit einem Polizisten!« Walter schlug auf das Armaturenbrett.

»Genau. Willst du mitfahren oder aussteigen?«

Er öffnete die Tür und verließ den Wagen. Mitten auf dem Weg ging er voran, so dass sie eine Viertelstunde lang gezwungen war, hinter ihm zu bleiben. Sie hielt einen Abstand von mindestens zehn Metern und verbat sich zu hupen. Er sollte die Situation nicht auch noch auskosten.

Erst als sich Fahrbahn und Bürgersteig an der Strandpromenade teilten, konnte sie an ihm vorbeifahren.

»Warum ist Walter so sauer?«, fragte Leon.

»Darum braucht ihr euch nicht zu kümmern. Wollt ihr hier raus und einen Strandkorb mieten? Ich komme in einer halben Stunde nach.«

12. Kapitel

Nur eine Viertelstunde würde sie die Beine hochlegen. Karin schloss die Tür vom Hotelzimmer hinter sich und sah auf die Uhr. Es war halb zwölf, und sie fühlte sich schon so erschöpft, dass sie sich fragte, wie sie an diesem Tag ihr geplantes Schreibpensum erledigen sollte. Sie schlüpfte aus den Schuhen und sank aufs Bett. Erst im Liegen fiel ihr auf, dass ihr Kiefer schmerzte und sie ununterbrochen die Zähne zusammenbiss. Sie massierte sich das Gesicht von den Ohren zu den Mundwinkeln. Langsam beruhigte sich ihr Atem. Wenigstens eine positive Auswirkung würde diese Diskussion mit Walter haben: Er hatte sichtbar die Lust verloren, sein Projekt »Netter Mann für Karin« weiterzuverfolgen. Sie streckte den rechten Arm über die Matratze, hängte den Schlüsselbund an den Zeigefinger und schloss die Augen. Kurz bevor sie einnickte, rutschte der Schlüssel vom Finger auf den Boden. Das Scheppern ließ sie vollständig aufwachen.

Eine Viertelstunde später traf sie am Strand auf Jonas. Er saß in einem Strandkorb und tippte auf seinem Handy.

»Wo ist Leon?« Sie sah sich um, konnte ihn jedoch nirgends entdecken. Jonas zeigte auf einen

Plastikeimer, der mit Wasser gefüllt war, ohne seinen Blick vom Display zu heben.

»Was ist damit?«

»Das Geld für den Strandkorb hat auch für ein Netz und den Eimer gereicht. Er fängt Krebse. Können wir dann am Lagerfeuer essen.«

Karin unterdrückte einen Schrei, als sie in den Eimer sah. Auf dem Grund bewegten sich träge vier Krebse.

»Hallo, Mama!« Leon kam und schwenkte sein Netz über der Schulter. Er ließ noch einen Krebs zu den anderen gleiten. »Da hinten, an der Buhne sind viele davon.«

»Tu mir einen Gefallen. Nimm den Eimer und kipp ihn im Meer wieder aus.«

Leon sah sie verständnislos an. »Und das Lagerfeuer?«

»Wir dürfen nicht einfach am Strand ein Feuer anzünden. Wenn das jeder machen würde.«

»Okay, ich behalte die Krebse. Du hast die Katzen. Ich will auch Haustiere.«

Sie blickte in den Eimer. Er stand in der prallen Sonne. »Das Wasser ist bestimmt schon ganz warm. Guck, wie langsam sich die armen Tiere bewegen. Sie sind kühles Meerwasser gewöhnt. Wenn du sie im Eimer lässt, überleben sie das nicht lange. Sie müssen zurück.«

»Aber wofür habe ich das Netz gekauft, wenn ich nichts fangen darf?« Leons Augen röteten sich.

»Wie wäre es mit Muscheln? Die Krebse kannst du dir angucken und sie dann wieder freilassen. Du willst doch nicht, dass es noch mehr misshandelte Tiere auf der Insel gibt.«

Leon warf das Netz neben seinen Bruder in die Ecke des Strandkorbes. »Schade«, sagte er und verschwand mit dem Eimer in Richtung Meer.

Karin zog ihre Schuhe aus. Sie setzte sich neben Jonas und legte die Beine hoch. Ferien! Wie sollte man sie genießen, wenn laufend ein Desaster nach dem anderen über einen hereinbrach? Vorsichtig tastete sie nach ihrer Stirn, wo sie sich an der Autotür gestoßen hatte. Die Beule hob sich deutlich ab. Sie schloss die Augen. Der Trubel von rufenden Kindern und sich unterhaltenden Erwachsenen rückte von Minute zu Minute weiter in den Hintergrund. Entfernt hörte man das Meer. Sie konzentrierte sich auf das Brandungsgeräusch und merkte, wie ihr Atem langsamer und gleichmäßiger floss.

»Suchen wir auf dem Rückweg ein Geschäft mit Stoff?«, fragte Leon.

»Wofür brauchst du Stoff?« Es wurde ihr in dem Moment klar, als sie die Frage ausgesprochen hatte. »Ich weiß gar nicht, ob es hier Stoffgeschäfte gibt.« Am liebsten hätte sie die Plastiktüte mit dem zerfetzten Teddy nie wieder geöffnet. Dieses Kuscheltier war inzwischen so voller Laufmaschen, dass es mit ein paar einzelnen Flicken nicht getan war. Ab-

gesehen davon war der ursprüngliche Stoff so dünn
geworden, dass Aufnäher gar nicht genug Halt finden konnten. Jeder Versuch, mit Nadel und Faden
etwas auf dem Teddy zu befestigen, würde nur zu
neuen Löchern führen.

Karin sah zu Jonas, der gewöhnlicherweise nicht
verlegen war, wenn es darum ging, die Wahrheit
auszusprechen. Der Teddy war nicht mehr zu retten. Er zerbröselte. Niemand würde ihn freiwillig
mit zwei spitzen Fingern anfassen. Doch Jonas hatte anscheinend nicht vor, ihr zu Hilfe zu kommen.
Er starrte auf sein Handydisplay, als erwartete er
eine eingehende SMS, die ihm einen Millionenge-
winn versprach.

»Jonas! Jetzt sag du mal was!« Sie schob sein
Handy beiseite.

»Wozu soll ich was sagen?«

»Es geht um den Teddy.«

»War das nicht geklärt? Stoff kaufen und flicken.«

»Am besten suchen wir irgendein Shirt in Weiß
und zerschneiden das«, sagte Leon. »Vorher können wir Fischbrötchen holen. Ich habe an der Fußgängerzone einen Stand gesehen. Direkt vor dem
Supermarkt. Und dort gibt es auch viele Beklei-
dungsgeschäfte.«

Es war abzusehen gewesen. Leon nahm Jonas und
Karin bei der Hand und zog beide hinter sich her
in das erstbeste Bekleidungsgeschäft.

»Da ist Walter«, rief Jonas. »Ich gehe mit ihm vor zum Hotel.« Er lief los. Karin sah ihnen durch die Schaufensterscheibe nach, wie sie in die Menschenmenge eintauchten.

»Das hier wäre schon mal gut.« Leon hielt einen Fleecepullover in die Höhe. »Ist aber zu hell.«

Die gleiche Farbe hatte der Teddy auch einmal gehabt. Sie konnte sich genau daran erinnern.

Als Leon das Kleidungsstück wieder zurückhängte, sah sie, wie seine Finger auf dem Pullover dunkle Abdrücke hinterließen. Sie schaute sich um. Niemand nahm von ihnen Notiz. Befanden sich in ihrer Handtasche nicht Feuchttücher? Zum Glück war die Packung noch halbvoll.

»Wir können nicht alles kaufen, was du anfasst.« Sie gab ihm ein Tuch.

Er wischte sich mit verzogenem Mund die Hände ab. Mit einem zweiten Wischtuch gelang es ihr, die Flecken von dem Fleece vollständig zu entfernen. Sie atmete auf.

»Das nehmen wir.« Leon hielt einen Flanellschlafanzug hoch.

Sein Rufen ließ die Verkäuferin aufsehen. »Eine gute Wahl. Darf ich Ihnen den Schlafanzug einpacken?«

Karin tastete den Stoff nach dem Preisschild ab. Wo war es nur? Endlich fühlte sie etwas Hartes und zog es heraus. Fast neunzig Euro! »Wir schauen uns nur um.«

»Guck, wie genau das passt.« Leon nahm seinen Teddy aus der Plastiktüte und verglich ihn mit dem Schlafanzug. Schaumstoffkrümel rieselten auf den hellen Teppichboden.

»Nein. Und dabei bleibt es.« Karin holte tief Luft. Nur keine lange Diskussion beginnen. Sie wechselte mit Leon einen Blick und tippte möglichst unauffällig auf den Preis.

»Und warum?« Leon zupfte an ihrem Ärmel.

»Weil es zu teuer ist.« So. Jetzt war es gesagt.

»Sie sollten auch die Qualität berücksichtigen ...«

»Wir gehen«, unterbrach Karin die Verkäuferin.

»Und wenn ich die Hälfte von meinem Taschengeld dazu lege?«, fragte Leon.

Karin schüttelte den Kopf. Und so, wie der Schlafanzug aussah, ohne jedes Muster, würde Leon weder Unter- noch Oberteil freiwillig anziehen.

»Komm.« Sie packte ihn an der Hand und zog ihn unter Protest aus dem Laden.

»Du bist gemein«, sagte er so laut, dass die Passanten stehen blieben und sich zu ihnen umdrehten. »Und wenn ich alles allein bezahle? Ich habe Geld auf dem Konto. Vom letzten Geburtstag.«

Einen Tag später würde er einsehen, dass sie recht hatte. Doch jetzt war er keinem Argument zugänglich. Er hatte sich etwas in den Kopf gesetzt und konnte stur wie ein Zweijähriger sein, wenn er sich auch längst nicht mehr brüllend auf den Boden warf, als wolle er jeder Alarmanlage Konkurrenz machen.

»Mama!«

»Ich weiß.« Sie war gemein und hartherzig. Links konnten sie in eine ruhigere Seitenstraße einbiegen, die direkt zum neuen Leuchtturm und damit zum Hotel führte.

»Ich hole mein Geld von der Bank und kaufe den Schlafanzug«, sagte Leon.

Sie zuckte mit den Schultern. Das würde er nicht tun, dazu kannte sie ihn zu gut. »Und was ist mit diesem Star Wars-Flugschiff, auf das du sparen wolltest?«

Er schwieg. Seine Stirn kräuselte sich.

»Und jetzt tu mir einen Gefallen, lass mich mit diesem Schlafanzug in Ruhe. Ich ändere meine Meinung nicht.« Ihre Beine fühlten sich schwer an, als trüge sie Bleimanschetten an den Knöcheln.

Und das konnte nicht allein an der gestrigen Strandwanderung liegen. Zu Hause trank sie gewöhnlicherweise nach dem Mittagessen eine Tasse Kaffee und war für den Rest des Tages fit. Hier auf der Insel funktionierte dieses einfache Rezept nicht. Meerluft macht müde, hatte sie gehört. Vielleicht stimmte es.

»Wenn wir im Hotel ankommen, lege ich mich hin«, beschloss sie und wartete auf Leons Widerspruch. Doch der kam nicht.

Karin brauchte keine fünf Minuten, um einzuschlafen. Sie träumte von dem Kommissar, als sie von einem Schmerz in der linken Hand aufwachte. Sie schrie auf. Als sie sich in die sitzende Position drückte, wurde das Stechen noch intensiver. Verschwommen erkannte sie eine Nadel, die sich in ihre Haut gebohrt hatte, dieselbe Stecknadel, die ein Stück Flanellstoff am Körper des Teddys hielt. Vorsichtig löste sie die Nadel aus dem Fleisch. Sie kannte diesen Flanellstoff. Ihr Blick schweifte durch den Raum und blieb an Leon hängen, der wie erstarrt mit offenem Mund verharrte.

»Wie bist du hier reingekommen?«, fragte sie.

»Ich war unten im Büro. Der Ersatzschlüssel.«

Erst jetzt entdeckte sie die Schlafanzugreste, die neben ihm auf dem Boden lagen. Er hatte lauter Quadrate ausgeschnitten und diese auf die Laufmaschen und Löcher des Teddykörpers geheftet.

»Und du bist ein zweites Mal in diesem überteuerten Geschäft gewesen.«

»Mit meinem Geld!«

»So viel Geld hattest du gar nicht dabei.«

»Walter hat es mir …«

»Wer sonst.« Karin rieb sich die Stirn und zuckte zusammen, als sie unachtsam die Beule berührte. Walter! Das war klar. Sollte sie sich aufregen? Das würde nichts ändern, weder für die Vergangenheit noch für die Zukunft.

»Ist sogar etwas übrig geblieben.« Leon hielt sein

Portemonnaie hoch. »Verschiedene Nadeln und Faden habe ich auch.«

»Es reicht aber nicht, die Flicken einfach aufzu-nähen. Dann fransen die Kanten aus. Du musst sie am Rand umschlagen. Guck. So.«

Er setzte sich neben sie und sah zu, wie sie nach und nach die Nadeln aus dem Teddy löste, den Stoff nach innen faltete und wieder feststeckte. Sie gab ihm sein Stofftier, damit er mit der Arbeit fort-fahren konnte.

Elf Vierecke brauchte es, um die Reparatur zu beenden. Beide Teddyhände waren mit Schlafan-zugstoff umwickelt, so dass es aussah, als trüge er Handschuhe.

»Wenn du in Zukunft für jede Reparatur einen so teuren Schlafanzug kaufen willst, wird der Ted-dy unbezahlbar.«

»Ich habe genug Flicken auf Vorrat.«

»Eigentlich hatte ich mir für heute etwas anderes vorgestellt, als an diesem Stofftier zu nähen.« Auch an diesem Tag hatte sie keine einzige Zeile an ihrem Roman geschrieben. Sie sollte auf Leon böse sein, sagte sie sich, aber es gelang nicht.

»Du wolltest schreiben?«, fragte er.

Karin nickte.

»Gut, dann gehe ich zu Walter und Jonas.«

Wenn das nur so leicht wäre! »Ich brauche zum Arbeiten Ruhe und Abstand vom Alltag. Hier ist ja noch mehr Chaos als zu Hause.«

»Man muss es locker angehen. Du bist zu uncool. Ist wie beim Sport. Das meint unsere Deutschlehrerin. Da bringt es auch nichts, wenn man sich sagt, dass das jetzt eine Eins werden muss, und man die Krise kriegt, wenn man sich vorstellt, dass es eine Zwei wird. Einfach aufschreiben, was man denkt und mal weitersehen. Als Aufwärmübung sozusagen. Verbessern kann man später.« Leon machte ein wichtiges Gesicht. Er klang wie der routinierte Leiter einer Schreibwerkstatt mit dem Thema »Überwinden Sie Ihre Schreibblockaden«. Wobei es gar nicht so falsch war, was er vorschlug. Stand nicht in jedem Schreibratgeber, dass Brainstorming oder das tagebuchartige, unreflektierte Notieren der Gedanken das Beste war, um Blockaden zu lösen? Vielleicht sollte sie es wirklich einmal probieren.

13. Kapitel

Ihr Notizblock füllte sich stetig von Tag zu Tag mehr, doch nicht mit Aufzeichnungen für ihren Roman, sondern mit ihren Tagebuch-Warmschreibübungen.

Karin schlug ihren Block auf und las darin. Sosehr sie in all den Situationen selbst aus der Haut hatte fahren können, schaffte sie es nun nicht, beim Lesen ein Schmunzeln zu unterdrücken. Im Nachhinein erschien es fast komisch, wie sie sich in ihrer Gedankenverlorenheit den Kopf gestoßen hatte.

Auch an diesem Tag hatte Walter versprochen, sich mit den Jungs zu beschäftigen. Sie stellte sich vor, wie die drei durchs Wellenbad tobten, und hoffte, dass ihr Vater keine Wiederbelebung seiner jugendlichen Akrobatiktalente versuchte oder andere gefährliche Eingebungen hatte. Er war eine Nervensäge, aber zum Glück nicht nachtragend. Den Streit im Auto hatte er mit keinem Wort mehr erwähnt.

Sie schob die Tagebucheinträge beiseite und kramte die Zettel mit den Skizzen zu dem Roman hervor. Darum sollte sie sich endlich kümmern.

Sie studierte das Exposé, obwohl sie es schon so

häufig gelesen hatte, dass es ihr keine Mühe bereitete, es Satz für Satz auswendig aufzusagen. Sofort
verschwand ihre gute Laune.

Sie griff nach ihrem Handy und legte es wieder
weg. Bei dieser Schreibblockade konnte ihr Sabine
nicht wirklich weiterhelfen. Karin stellte sich die
Stimme ihrer Freundin am Telefon lebhaft vor:
War das Schreiben von Tagebucheinträgen nicht
dasselbe wie das Schreiben an einem Roman? Da
gab es doch keinen Unterschied!

Karin schüttelte den Kopf. Theoretisch mochte
das zutreffen, aber praktisch war Schreiben nicht
gleich Schreiben. Sobald eine Zielorientierung da-
zukam, der Druck, sich an anderen, erfolgreichen
Autoren messen zu lassen, wenn ein Plot vorlag,
von dem sie nicht abweichen durfte, war nichts wie
vorher.

Je länger sie nachdachte, umso mehr mögliche
Kritikpunkte fielen ihr zu dem ausgearbeiteten
Plot ein. Nur beim Tagebuchschreiben flossen ihre
Gedanken. Sobald sie zielgerichtet das Exposé vor
sich ausbreitete, waren alle Ideen wie weggeblasen.
Nie zuvor war ihr Papier so weiß erschienen, so
grell, dass sie blinzelte. Karin zeichnete mit dem
Füller eine Schlangenlinie an den Rand. Eine Ran-
ke, aus der Knospen und Rosenblüten wuchsen.
Es war wie verhext, als produziere ihr Kopf Kurz-
schlüsse. Wo lag die Schwierigkeit, dass es ihr nicht
gelang, die Arbeitstechniken von ihrem Beruf aufs

freie Schreiben zu übertragen? Sie schaffte es doch, täglich für die Zeitung mindestens einen Artikel auszuarbeiten! Karin massierte sich die Schläfen. Nie hatte sie über etwas nachgedacht, was bisher selbstverständlich gewesen war. An jedem Arbeitstag nahm sie einen Stift oder setzte sich an den Computer, und aus Wörtern wurden Sätze, aus Sätzen ganze Abschnitte, aus diesen ein vollständiger Text. Und nun ging es einfach nicht, wie sie sich auch bemühte – oder weil sie sich bemühte, so sehr, dass dieses Gefühl, gegen leere Blätter zu kämpfen, sie schon bis in den Schlaf verfolgte? Nachts träumte sie davon, wie sie schrieb. Im Schneckentempo reihten sich Buchstaben aneinander, bis ihnen Beine wuchsen und sie zu rennen begannen. Sie strebten in verschiedene Himmelsrichtungen auseinander, so dass es aussichtslos war, sie alle wieder einfangen zu wollen.

Da half es nicht, dass nun Leon nicht mehr ihren Schlaf störte, dass Walters Beschäftigungsprogramm die Jungs von früh bis spät in Bewegung hielt.

Draußen ertönte die Hupe der Inselbahn. Der Wind bauschte die Vorhänge auf. Karin glaubte, durch das gekippte Fenster das Meer zu riechen. Sie legte den Stift weg und klappte den Notizblock zu. Dann packte sie ihr Schwimmzeug in eine Jutetasche.

Walter und die Jungs waren nicht im Schwimmbad, auch am neuen Leuchtturm hatte Karin die drei nicht gefunden, ebenso wenig am Strand. Zurück im Hotel hörte sie aus Walters Zimmer ein unterdrücktes Lachen. Es klang, als käme es von Jonas, und doch hatte es etwas Fremdes.

Sie klopfte. Auf ein Husten folgte Stille. Sie klopfte noch einmal. Die Zeit, die Walter benötigte, um die Tür zu öffnen, reichte, um zwischendurch den Leuchtturm hinauf- und wieder herunterzusteigen.

»Ein Wunder, dass ich auf dem Gang keine Wurzeln geschlagen habe«, sagte sie.

»Ich dachte, du schreibst.« Walter grinste und betrachtete dabei ihre Schuhe, als hätte er sie nie vorher gesehen.

»Wolltet ihr nicht ins Schwimmbad?« Karin warf einen Blick in den Raum. Als sie versuchte, an Walter vorbeizugehen, stellte er sich ihr in den Weg.

»Warum lässt du mich nicht durch?« Sie drückte ihn beiseite.

»Und wo ist Leon?« Nirgends konnte sie ihn entdecken. Jonas lag auf dem Bett und tat so, als würde er schlafen. Sie sah am Flattern seiner Lider, dass er wach sein musste.

»Ist das hier ein Schauspiel?« Aus dem Augenwinkel bemerkte sie, wie Walter etwas mit dem Fuß unter das Bett schob. Ein Feuerzeug. Und weshalb war die Gardine zwischen Fenster und Fensterrahmen eingeklemmt?

»Du hast gelüftet. Deshalb sollte ich nicht reinkommen.« Wie hing das zusammen? Sie versuchte, alle Elemente des Hotelzimmers noch genauer in sich aufzunehmen. Der Geruch, den sie nun wahrnahm, war schwach, trotzdem unverkennbar. »Dass du es nicht lassen kannst, ist das eine. Aber, Jonas!« Sie ging zu ihm und zog ihn hoch. »Guck mich an.« Jonas lachte laut los. »Du rauchst mit Walter Hasch! Und jetzt sag was!« Karin kam sich vor, als würde sie gegen Wände rennen. »Walter!«

»Er hat nur einmal dran gezogen.« Walter schüttelte seine Decke auf.

»Bist du völlig durchgedreht? Und wo ist Leon?« Was sprach dagegen, zur Polizei zu gehen und ihren eigenen Vater anzuzeigen? Würde er im Gefängnis zur Vernunft kommen?

»Immer cool bleiben. Leon ist mit einem Freund unterwegs. Zum Mittagessen ist er zurück.« Jonas wirkte mit einem Mal wieder vollständig klar.

»Ihr lasst ihn einfach mit Fremden allein?« Karin wollte sich gar nicht ausmalen, was das bedeuten konnte.

»Es ist ein Junge. Ein Einheimischer, der sich auskennt«, sagte Walter.

»Und wie heißt er?« Sie sah von einem zum anderen. »Wie alt ist er?« Sie schlug mit der Hand auf den Tisch. »Und wo wohnt dieser Junge genau?«

»O Mann, Mama!« Jonas strich ihr über den Arm. »Die beiden haben sich schon gestern getroffen und endlich hat Leon jemanden gefunden, mit dem er über seine Flusswürmer reden kann.«

»Es gibt hier keinen Fluss, und von Flusswürmern habe ich auch noch nie was gehört.«

»Meinetwegen Meerwürmer. Oder Wattwürmer oder wie die heißen.«

»Eins sage ich euch.« Karin schnappte nach Luft. »Wenn Leon nicht spätestens um zwölf wieder zurück ist, dann … dann … Und du, Walter, dich lasse ich nicht mehr eine Minute mit den Jungs allein. Es ist ein Wunder, dass ich meine Kindheit überlebt habe. Aber das war wohl nicht dein, sondern Ulrikes Verdienst! Wie konnte ich nur so naiv sein und annehmen, ich hätte auf dieser Insel Ruhe zum Arbeiten?« Sie stürzte zu Walter und zog die aus der Hosentasche ragende Tabaksdose vollständig heraus. Nur ein paar Schritte und sie war im Bad. Den Inhalt der Dose kippte sie in die Toilette.

»Bist du völlig durchgedreht?«, rief Walter.

Sie spürte seinen Griff an ihrem Arm, doch es war zu spät für ihn. Sie betätigte die Spülung.

»Weißt du, was das gekostet hat?«, fragte er.

»Das interessiert mich nicht.«

»Es ist nicht so, wie du denkst! Hältst du mich für durchgeknallt?«

»Du bist verantwortungslos. Schon immer gewesen. Und ich war so naiv zu glauben, dass sich das vielleicht geändert haben könnte. Dass es dir nicht nur um dich geht, sondern um deine Enkel.«

»Mit dir kann man ja nicht reden. Stur und verbohrt. Aber das kenne ich ja.«

Hatte sie es die ganze Zeit geahnt, während sie schreiben wollte? War das der Grund für ihre Schreibblockade, dass sie ununterbrochen mit den verschiedensten Katastrophen rechnen musste?

»Ich hätte dich gar nicht mitnehmen sollen!« Karin setzte sich an den Tisch und stützte den Kopf in die Hände.

»Hör dir einmal zu. Hätte. Sollte. Könnte. Du lebst im Konjunktiv. Wo ist denn dein Leben? Warum nimmst du es nicht einfach und machst was draus?«

»Auf diesem Niveau diskutiere ich nicht.« Der Sekundenzeiger der Armbanduhr schien sich langsamer zu bewegen als gewöhnlicherweise. Sie klopfte gegen das Uhrenglas. Es war zwei Minuten nach elf.

Jonas schaltete den Fernseher ein und zappte durch die Programme.

»Mach das aus!« Die Kriegsbilder trieben ihr Tränen in die Augen. »Ihr geht jetzt Leon suchen. Ich warte hier, falls er auftaucht. Und du lass dein Handy eingeschaltet.« Sie zeigte auf Jonas. »Damit wir in Kontakt bleiben können.«

Karin sah Jonas und Walter zu, wie sie sich Schuhe und Jacke anzogen und den Raum verließen. Mit Schwung ließ Walter die Tür ins Schloss fallen.

Es wurde halb zwölf. Karin nahm ihr Handy von der rechten Hand in die linke, von der linken Hand in die rechte. Sie ging vom Stuhl zum Fenster, vom Fenster zum Bett, vom Bett zur Tür und wieder zum Stuhl. Fenster, Bett, Tür, Stuhl. Es wurde zwölf Uhr, ein Uhr. Nichts. Karin wählte Jonas' Nummer.

»Und?«, fragte sie.

»Es ist schwierig.« Seine Stimme zitterte.

»Was soll das heißen?« Sie hätten Leon doch längst finden müssen.

»Ich habe rausgefunden, wie dieser rothaarige Junge heißt, mit dem sich Leon angefreundet hat. War gar nicht so leicht. Aber bei der Bäckerei wussten sie sofort, wen ich meine. Sein Name ist Malte.«

»Malte. Und weiter?«

»Weiß nicht.«

Es klopfte an der Tür.

»Ich glaube, er ist da.« Karin stolperte fast. Sie konnte den Sturz knapp abfangen, indem sie sich an der Klinke festhielt.

Walter zuckte zur Begrüßung mit den Schultern und hob die Arme.

»Es ist nur Walter«, sagte Karin ins Handy und legte auf.

»Er ist weg. Einfach weg.« Walter atmete schwer. So bleich hatte sie sein Gesicht nie zuvor gesehen, nicht einmal bei der Beerdigung von Ulrike.

»Du bleibst hier, falls Leon kommt. Und wenn er kommt, rufst du an. Hast du verstanden? Sofort!«

Karin sah aus dem Fenster. Der Kommissar überquerte gerade die Schienen und eilte auf das Polizeirevier zu. Sie stürmte los. Kurz dachte sie daran, die Schuhe zu wechseln, doch damit wollte sie sich nicht aufhalten.

Vor dem Hoteleingang sah sie sich um. Wo war er nur? Auf der gegenüberliegenden Straßenseite entdeckte sie ihn. Kommissar Wegner. Er war in ein Gespräch mit zwei Frauen vertieft. Ohne sich umzusehen, lief Karin auf ihn zu. Neben ihr ertönte Fahrradklingeln. Jemand fluchte.

»Mein Sohn ist verschwunden«, unterbrach Karin die Unterhaltung. Sie versuchte, die Tränen zurückzuhalten. Es ging nicht. Die beiden Frauen verabschiedeten sich.

»Leon ist weg!«, rief sie, und es war ihr gleichgültig, dass Passanten stehen blieben und sie anstarrten. Sie spürte, wie Kommissar Wegner sie am Arm fasste und beiseitezog, sie auf eine Parkbank setzte.

»Auf der Fähre habe ich gedacht, es könnte nicht schlimmer kommen. Da war nur die Handtasche weg. Nur die Handtasche, und ich habe mich aufgeregt.« Sie fühlte sich wie eine Marionette, bei der die Fäden durchgeschnitten worden waren. Jeden Moment rechnete sie damit, ohnmächtig zu werden.

»Immer ruhig und gleichmäßig weiteratmen«, hörte sie ihn neben sich.

Karin versuchte, den Anweisungen zu folgen. Langsam ließen das Schwindelgefühl und das Prickeln in Armen und Beinen nach. »Mein Sohn hat mit einem Jungen gespielt. Malte soll er heißen. Rote Haare hat er, sagt Jonas. Und ich weiß nicht mal den Nachnamen.«

»Malte Ohlert bestimmt, der ist in Leons Alter.«

»Und jetzt ist Leon weg.«

»Fragen wir am besten zuerst bei den Ohlerts nach. Kommen Sie.« Er gab ihr die Hand, um ihr aufzuhelfen.

Zum ersten Mal seit fast drei Stunden spürte sie, wie sich ihre Schultern entspannten. Ihr Nacken schmerzte so, dass das Ziehen bis in den Hinterkopf ausstrahlte. Der Kommissar bewegte sich zügig und zielstrebig voran. Wie schaffte er es nur, in solchen Situationen diese Zuversicht auszustrahlen? Gab es gar nichts, was ihn aus der Fassung brachte? Wenn er sie ansah, war sein Blick ruhig und klar. Sie folgte ihm über die Straße. Zweimal bogen sie rechts ab, dann verlor Karin den Überblick, in welche Richtung sie unterwegs waren.

Kommissar Wegner läutete an einer Haustür. Ein rothaariger Junge öffnete. Ob er Leon gesehen habe?

»Leon?« Der Junge schüttelte den Kopf.

Karin lehnte sich mit dem Rücken an den Türrahmen, um das Gleichgewicht zu halten.

Ja, er habe mit Leon zusammen gespielt, aber dann hätten sie sich getrennt, weil Leon noch einmal zum Strand zurückkehren wollte, wo er seine gesammelten Muscheln vergessen hatte.

»Das ist unmöglich.« Karins Stimme überschlug sich. Sie spürte die Hand des Kommissars warm auf ihrem Unterarm.

»Hat Leon gesagt, wo er danach hingehen wollte?«, fragte Kommissar Wegner.

Karin rieb sich die Augen, die sich geschwollen anfühlten. »Jonas und Walter haben den Strand in beide Richtungen hin abgesucht. Da hätte er doch sein müssen!«

»Er wollte die Muscheln holen und anschließend zum Hotel«, sagte Malte. »Glaube ich jedenfalls. Ich bin zum Mittagessen.«

»Und warum hast du Leon allein gelassen?« Karin musste husten.

»Frau Brahms.« Kommissar Wegner sprach ihren Namen so ruhig aus, dass sie ihn am liebsten geschüttelt hätte. Merkte er nicht, dass es sich hier um einen Notfall handelte? »Ich bringe Sie in Ihr Hotelzimmer. Und danke, Malte, dass du uns weitergeholfen hast. Wenn du Leon siehst oder dir noch etwas einfällt, rufst du mich an. Oder du kommst am besten kurz auf dem Revier vorbei.«

14. Kapitel

Karin sah sich in ihrem Hotelzimmer um. Es kam ihr fremd vor, als wäre sie zum ersten Mal an diesem Ort. Und wie war sie hierhergekommen? Hatte sie sich von Malte verabschiedet? Verschwand zusammen mit Leon die Zeit aus ihrem Leben?

Sie presste die Fäuste gegen die Stirn, damit das Hämmern dahinter endlich aufhörte. Als sie wieder aufsah, stellte Walter ein Glas mit Mineralwasser vor sie. Kommissar Wegner war nirgends zu sehen. War es möglich, dass die Zeit löchrig wurde wie ein mottenzerfressener Pulli?

»Ich muss etwas tun«, sagte sie.

»Leg dich ein paar Minuten hin.« Walter schüttelte ihr die Decke auf. »Die Polizei wird ihn finden. Jetzt ist auch die Küstenwache alarmiert.«

Küstenwache? Vermuteten sie ihn im Meer? Wollten sie irgendwo in der Nordsee einen Jungen herausfischen, der nur das Seepferdchenabzeichen hatte, aber den Freischwimmer nicht schaffte, weil er sich vor dem Tauchen fürchtete, weil man dann Wasser in die Ohren bekam? »Er ist ertrunken.«

»Das ist unmöglich.«

Walter sprach es mit einer solchen Zuversicht aus, dass sie laut lachte, um nicht zu weinen.

»Wo ist Jonas?«, fragte sie.

»Er hilft, Leon zu suchen.«

»Und warum soll ich hier tatenlos im Hotelzimmer warten?«

»Willst du, dass ein Arzt kommt?«

Karin stand vom Sofa auf, öffnete die Tür. »Lass mich allein.« Sie wartete, bis Walter den Raum verlassen hatte.

Auf dem Bett kauerte sie sich wie ein Embryo zusammen und kämpfte nicht mehr darum, ihre Tränen zurückzuhalten.

War das Klopfen Bestandteil ihres Traumes, oder stand wirklich jemand vor der Tür?

»Frau Brahms?« Die Stimme von Kommissar Wegner war unverkennbar.

»Komme!« Sie richtete sich langsam auf und taumelte zur Tür, um aufzuschließen. Ihr Körper fühlte sich an, als wären alle ihre Gelenke ausgekugelt.

Der Schlüssel ließ sich nicht richtig umdrehen, als der Metallanhänger mit der Zimmernummer sich zwischen Türrahmen und Metallring verklemmte. Endlich sprang die Tür auf.

Da stand Leon an der Hand des Kommissars. Sie hatte Angst, nach ihm zu greifen, als könnte er sich bei jeder Berührung in Luft auflösen. Seine Haare, die genau denselben Braunton hatten wie ihre, klebten verschwitzt an seiner Stirn. Seine Nase, das Kinn und die Wangenknochen waren gerötet. Er hatte sich einen Sonnenbrand geholt. An seinen Fingern und an der Kleidung pappte Sand. Den ganzen Weg vom Aufzug zum Zimmer hatte er auf dem Teppichboden weiße Schuhabdrücke hinterlassen. Er umklammerte seinen Eimer mit Muscheln.

»Leon!«

Er bohrte die Fußspitze in den Teppich.

»Komm!« Sie breitete die Arme aus. »Wo bist du gewesen?«

Er stellte den Muscheleimer ab, ließ die Hand des Kommissars los und umarmte sie vorsichtig.

»Tut mir leid«, flüsterte er.

»Wir haben ihn am Hafen aufgegriffen. Dort hatte er am Fahrkartenschalter nach dem Weg gefragt.« Kommissar Wegner strich ihm über den Kopf.

»Ich wollte nur den Eimer nachholen, und dann habe ich die Bretter am Strand entdeckt. Die musste ich doch alle zu den Dünen bringen, sie beiseiteschaffen und verstecken. Damit Malte und ich eine Hütte bauen können. Und irgendwie wusste ich nicht mehr, in welcher Richtung das Hotel liegt.« Leon klammerte sich an sie.

Karin versuchte, etwas Versöhnliches zu sagen. Es war, als hätte sie keine Kraft, die Lippen zu öffnen, als würde sie gerade aus einem endlos langen Schlaf erwachen. Er war da. Er lebte.

»Ich geh mal duschen«, sagte Leon.

Sie sah ihm nach, wie er im Bad verschwand. »Das tut er sonst nie freiwillig. Wasserverschwendung.« Aus dem Nachbarraum klang das Prasseln von Duschwasser.

Karin wandte sich zum Kommissar um. »Danke.« Und wie er vor ihr stand, als wäre das, was geschehen war, kaum eine Aufregung wert, lächelte sie und umarmte ihn.

»Nichts zu danken«, meinte er.

»Doch.«

Sein Rücken fühlte sich fest an. Sein Hals roch nach Zitronenduschgel. Sie lehnte die Stirn an sein Kinn, als ihre Gedanken wieder begannen, in geordneten Bahnen zu fließen. Was tat sie? Sollte sie ihn nicht endlich loslassen? Was dachte er von ihr?

»Entschuldigung«, sagte sie und spürte, wie ihr Puls bis in die Fingerspitzen hämmerte. Wie lange hatte sie keinen Mann mehr so dicht an sich gespürt? Wie hatte sie das nur all die Jahre ausgehalten? Und war es nicht der völlig falsche Moment, an so etwas zu denken?

»Entschuldigung.« Als sie es aussprach, fiel ihr auf, dass sie es ja schon gesagt hatte.

»Wofür?«, fragte er, als wäre es für ihn eine Selbstverständlichkeit, dass er zum Dank anstatt eines Händeschüttelns intensiv umarmt wurde.

»Gilt die Einladung zum Kaffeetrinken eigentlich noch immer? Ich meine, wir könnten …« Sie biss sich auf die Zunge und wünschte, der Boden würde sich unter ihr öffnen und sie verschlucken. Schnell nahm sie die Hand von seinem Rücken.

»Verschieben wir das auf später. Ich habe heute einen langen Tag hinter mir …«, sagte er.

Sie verabschiedeten sich knapp. Karin schloss die Tür von innen und legte das Ohr an das Holz. Sie hörte, wie seine Schritte leise im Treppenhaus verschwanden. Sie fühlte sich so leicht, dass sie sich wunderte, warum sie mit beiden Füßen den Teppich berührte.

Mit Leon würde sie noch ein Wörtchen reden und vor allem mit Walter. Doch das hatte Zeit.

»Ich schicke Walter, dass er uns eine Pizza besorgt«, rief sie, und aus dem Bad kam ein zustimmendes Grummeln.

»Verschieben wir das auf später«, hatte Kommissar Wegner gesagt. So, wie er sie dabei angesehen hatte, hatte es nicht nach einer Ablehnung geklungen, fand sie. Es war eher eine Einwilligung. Wäre es nicht so gemeint, hätte er sich dann nicht direkt aus ihrer Berührung lösen müssen? Oder war es für ihn eine gewöhnliche Dankesbekundung gewesen, wie er sie aus reiner Höflichkeit entgegennahm? Diese Möglichkeit raubte ihr den Atem. Sie putzte sich die Nase. Doch noch immer bekam sie schlecht Luft.

Erst in dem Moment fiel ihr auf, wie wenig sie von ihm wusste. Wenn sie sich seine Augen in Erinnerung rief, die sie entweder an den Himmel oder das Meer erinnerten, war es, als würde sie ihn ewig kennen. Es war widersinnig anzunehmen, dass die Augenfarbe etwas über den Charakter oder über Vorlieben aussagte. Trotzdem änderte Logik nichts an ihrem Gefühl. Sie stand mitten im Zimmer, genau dort, wo er auch gestanden hatte. Es war, als könnte sie seine Anwesenheit spüren.

»Wo sind die Handtücher?«, fragte Leon.

»Habe sie auf den Badeeimer gelegt. Neben dem Waschbecken.«

15. Kapitel

Unruhig drehte sich Karin im Bett von einer Seite auf die andere. Nun war es schon Viertel nach eins!

Kommissar Wegner ging ihr nicht aus dem Kopf und sein Vorschlag, gemeinsam einen Kaffee zu trinken. Konnte sie am Vormittag einfach in die Wache marschieren und konkret nach einem Termin fragen? Oder war er von allem, was geschehen war, so abgeschreckt, dass er sie und ihre Familie für so chaotisch hielt und seine Einladung längst bereute?

Karin zog ihr Handy unter der Zeitschrift hervor und begann, Sabines Nummer zu wählen. Vor der letzten Ziffer schaltete sie das Gerät wieder aus. Bald war sie vierzig Jahre alt. Da verbot es sich, wie ein verliebter Teenager sein gesamtes Umfeld mit dem eigenen Gefühlschaos zu belästigen und nachts aus dem Schlaf zu reißen.

»In einem gewissen Alter«, hatte Ulrike oft ihre Sätze begonnen und nicht zu Ende geführt. War jetzt der Zeitpunkt gekommen, dass auch sie, Karin, sich eingestehen musste, dieses »gewisse Alter« erreicht zu haben, ab dem bestimmte Dinge einfach töricht wirkten? Trägerfreie Tops zeigten keine schönen Schultern mehr, sondern nicht trainierte

Oberarmmuskeln. Kurze Röcke galten trotz blick-
dichter Strumpfhosen als peinlich. Lautes Lachen
war wie ein leichter Schwips in jungen Jahren ein
Zeichen von Überschwang, später deutete es nur
auf mangelnde Selbstkontrolle hin.

In genau diesem Moment bewunderte sie Walter,
der sich um all diese unausgesprochenen Regeln
nicht scherte. Er lebte in seinem eigenen Walter-
Universum.

Sie würde Sabine nicht anrufen, und doch fühlte
es sich in ihr nicht anders an als fünfundzwanzig
Jahre zuvor. Es war dasselbe innere Chaos, dieselbe
Schlaflosigkeit, dieselben Zweifel, dieselben Wün-
sche. All das ließ sich nicht unter einer Portion
Vernunft begraben.

Dachte Kommissar Wegner wirklich, es wäre
klüger, keine Verabredung zu treffen? War sie so
chaotisch, dass er jederzeit damit rechnete, dass
wieder etwas geschah, was einen Polizeieinsatz
nach sich zog? Nur Jonas stellte garantiert nichts
an. Sein Handy und das iPad waren dafür eine bessere Versicherung als jeder Gefängnisaufseher.

In ihrer Vorstellung ging sie zur Polizeiwache,
zeigte ihm all ihre Terminkalender und Listen: die
Gepäckliste mit allen Kleidungsstücken, Schreib-
listen, dass sie ihre Artikel längst vor den Abgabe-
terminen fertig hatte, Trainingslisten vom Fitnessstudio, Geburtstagslisten. Bei der Geschenkliste
musste er wissen, dass sie die meisten Weihnachts-

überraschungen schon im Sommer kaufte. Er würde sehen, dass der erste Eindruck ihn getäuscht hatte und sie einer der am meisten vorausplanenden und umsichtigsten Menschen war, die ihm je begegnet waren.

Nur gab es eben noch das zusätzliche Phänomen, das sich kaum verbergen ließ: Immer kam etwas dazwischen. Abgabetermine in den Redaktionen wurden vorgezogen, jemand legte ihre ordentlich sortierten Gegenstände an andere Orte, ungeplante Ereignisse kamen hinzu. Da half kein guter Wille. Teilen müsste man sich können … einen Teil für die Redaktion, einen Teil für Leon, einen Teil für Walter. Für Jonas und für den Haushalt reichten je ein halber Teil, während die Schule mit all den Vokabelabfragen, nachmittäglichen Erklärungen, Lehrergesprächen, Elternabenden und Schulfesten sie selbst in doppelter Ausfertigung benötigte. Welcher Teil blieb dann für den Kommissar übrig?

Als das Handy läutete, setzte sie sich ruckartig im Bett auf. Es war kurz vor fünf. Draußen war es noch immer vollständig still. Der Bahnhof hörte sich wie ausgestorben an. Jemand hatte den Handywecker gestellt, und dieser Jemand war höchstwahrscheinlich sie selbst gewesen, als sie an dem Gerät gespielt hatte, um das Nichtstun zu ertragen, im Hotel zu warten, während die Polizei, die Küstenwache, Jonas und Walter nach dem verschwundenen Leon gesucht hatten.

Eine Stunde später, nachdem Karin sich mindestens fünfzig Mal von einer Seite auf die andere gedreht hatte, nahm sie ihr Handy vom Nachttisch und loggte sich im Internet ein. »Wegner, Kommissar, Borkum« schrieb sie in das Eingabefeld der Suchmaschine. Erst der einunddreißigste Treffer brachte etwas Neues. Mit Vornamen hieß er Andreas, und genau genommen war er Kriminalhauptkommissar. Weder seine Anschrift noch sonst irgendetwas ließ sich über ihn herausfinden. Nicht einmal einen Facebook-Account hatte er angelegt. Nur die Erinnerung, wie sie monatelang auf dieses Smartphone gespart hatte, hielt sie davon ab, es gegen die Wand zu werfen.

Sie ging zum Fenster und sah zur Polizeiwache hinüber. So sehr sie auch versuchte, ihn sich vorzustellen, was er gerade tat, was er dachte oder wünschte, es funktionierte nicht. Ihre Gleichung hatte zu viele Unbekannte, und dazu blieben ihre Annahmen reine Spekulation. Was, wenn er verheiratet war?

Sie schob einen Stuhl an die Fensterbank und stützte die Arme auf, um besser hinaussehen zu können.

16. Kapitel

Ein Klopfen an der Tür ließ sie hochschrecken. Karin drehte sich zum Wecker. Er zeigte zwei Minuten nach elf an.

Ihr Kopf schmerzte, weil ihr die Fensterbank als Kopfkissen gedient hatte.

»Mama?« Es war Jonas, der vor der Tür stand.

Sie öffnete. »Warum habt ihr mich nicht geweckt?« Das Frühstücksbüfett war längst abgeräumt. Ihr Magen grummelte, und ihr war schwindelig vor Hunger und auch vor Müdigkeit.

»Walter dachte, du arbeitest. Wir sollten dich nicht stören.«

»Und wie geht es Leon?« Sie gab sich Mühe, die Frage beiläufig klingen zu lassen. Doch bei dem Gedanken, was in den vergangenen drei Stunden, während sie sich um gar nichts gekümmert hatte, passiert sein konnte, schauderte sie.

»Papa hat angerufen.«

»Also ist alles in Ordnung.«

»Papa hat es erst gar nicht gecheckt mit der Küstenwache. Er meinte, du sollst zurückrufen. Er hat es auch schon auf deinem Handy probiert.«

Sie sah auf das Display. Acht Anrufe in Abwesenheit waren eingegangen.

»Das mache ich bei Gelegenheit«, sagte sie und schwor sich, eher die SIM-Karte zu verschlucken.

»Was hast du eigentlich gegen Papa?« Jonas musterte sie.

»Warum?«

»Wenn es um ihn geht, guckst du so … so …«

»Ich bin einfach müde. Und hungrig. Und so sehe ich wohl aus.«

»Auch er denkt an dich, und du bist ihm nicht egal. Das checkt jeder, der hinhört.«

»Wir sind getrennt. Und das nicht erst seit gestern.« In acht Monaten würde die Trennung genau zehn Jahre zurückliegen. Davor dauerte die Beziehung sieben Jahre, wovon sie vier Jahre lang verheiratet gewesen waren. Und Jonas hoffte noch immer auf eine Versöhnung, sie sah, wie er sie mit großen Augen anblickte, wenn das Gespräch auf Alexander kam. Dass Jonas gleichzeitig plante, nach dem Abi in ein paar Schuljahren selbst auszuziehen, änderte nichts an der Tatsache: Für ihn gehörten Alexander und sie zusammen.

»Ich merke doch, dass dir auch was an ihm liegt«, sagte Jonas.

»Er ist und bleibt der Vater meiner Kinder. Und jetzt gehe ich unter die Dusche.« Karin drehte sich um und ging ins Bad.

Aus dem Nachbarraum war kein Laut zu hören, nicht der ersehnte Knall, mit dem Jonas jede Tür schloss. Wartete er, um die Unterhaltung fortzuführen? Sie schaltete das Wasser an und versuchte, nicht an das bevorstehende Telefonat mit Alexander zu denken, dem sie nicht dauerhaft ausweichen konnte.

»Wir sind alle in der Pizzeria zum Mittagessen, warten da auf dich. Jonas«, stand auf dem Zettel, der auf ihrem Bett lag.

Karin atmete tief durch, griff zum Handy und wählte Jonas' Nummer.

»Die Pizza ist gerade gekommen«, sagte er zur Begrüßung.

»Ist es okay, wenn ich mich stattdessen ins Café setzte, wo es Pfannkuchen gibt?« Es ging ihr nicht nur darum, einen Blick auf den Eingang der Polizeiwache zu werfen, sondern sie hatte Appetit auf etwas Süßes, Warmes.

»Kein Problem.«

»Kannst du mir noch mal Walter geben?« Ihr schlechtes Gewissen meldete sich unverzüglich. Wie konnte sie schon wieder Walter die Jungs überlassen? War es nicht ihre Aufgabe, sich um ein gemeinsames Mittagessen zu kümmern?

»Später ist besser. Wir essen. Die Pizza wird kalt.« Ohne eine Antwort abzuwarten, legte Jonas auf.

Eine Viertelstunde brauchte Karin, um ihre Haare zu einem Knoten zu stecken, bis die Frisur diese gekonnte Beiläufigkeit hatte, als hätte sie die Haarsträhnen eben im Vorbeigehen mit einer Spange zusammengefasst. Und das war viel schwerer zu erreichen als eine ordentliche Steckfrisur. Über dem Zeigefinger drehte sie aus einer herausfallenden Strähne eine Locke, die sich kess über die Wange biszum Kinn ringelte. Sie lächelte ihrem Spiegelbild zu. Mit der leichten Bräune, die sie vom Strandspaziergang bekommen hatte – fast perfekt, wenn sie die Sommersprossen und die etwas zu dünnen Arme ignorierte. Um die Fingernägel könnte sie sich auch einmal kümmern. Karin zwang sich wegzusehen, bevor eine innere Liste der Selbstverschönerung entstand, für die sie einen Tag zum Abarbeiten brauchte. Als sie ihr Handy einstecken wollte, läutete es. Ohne nachzudenken und ohne auf das Display zu sehen, nahm sie den Anruf an.

»Endlich.« Eine typische Alexander-Begrüßung.

Sie schluckte und fluchte innerlich, dass Handys überhaupt erfunden worden waren. Er hätte sie zwar theoretisch genauso gut über die Hotelrezeption erreichen können, doch praktisch war es ihm zu mühsam, erst nach der Zimmernummer zu fragen und sich verbinden zu lassen.

»Hallo, Alexander«, sagte sie.

»Ich habe gehört, was passiert ist.«

»Zum Glück ist Leon wieder da.«

»Und wo ist er jetzt?«

»Soll das eine Kontrolle sein? Die Jungs sind mit Walter essen.«

»Du lässt die Kinder mit deinem durchgeknallten Vater auch noch allein? Hat dir das gestern nicht gereicht?«

Karin glaubte, sein Kopfschütteln zu hören. So war es immer. Sie machte sich selbst Vorwürfe, und dann kam Alexander und sprach das in übertriebener Form aus, was in ihr nagte. Er war das personifizierte schlechte Gewissen.

»Wenn du dich kümmern willst – tu dir keinen Zwang an. Gerne sofort. Wir finden garantiert ein Zimmer für dich«, sagte sie.

»Du weißt, dass ich nicht einfach aus dem Krankenhaus weg kann. Ich werde gebraucht.«

»Das ist nicht neu.«

»Was soll das heißen?« Er wurde lauter. Nun stand es nicht länger 1:0, sondern 1:1. Sie hatte aufgeholt. Gleichstand. Er ahnte nur zu gut, was sie damit ausdrücken wollte. Seine »Nachtdienste« hatte sie ihm viel zu unbedarft abgenommen. Er war wichtig, er war beschäftigt. Das Leben hatte sich nur darum zu drehen. Und wenn noch Zeit blieb, durfte sie sich seiner Verehrung widmen. Als ihre Bewunderung seinen Ansprüchen nicht mehr genügt hatte, was war ihm anderes übriggeblieben, als die Komplimente und Zärtlichkeiten anzunehmen, die ihm anderweitig geboten wurden? Nie hatte er es so ausgedrückt, aber genau so sah er es. Sie wusste es.

»Was soll das heißen?«, wiederholte er.

»Schon als ich mit Jonas schwanger war, hättest du dich kümmern können. Es gibt Paare, die gehen zusammen zu den Vorsorgeuntersuchungen.« Sie wollte davon nicht anfangen. Es war so lange her, und doch hatte sie es ihm nie gesagt. Vor ihrem inneren Auge sah sie wieder den schlaksigen Medizinstudenten vor sich, der Alexander damals gewesen war.

»Wir sind zusammengezogen. Für unser Kind.« Wie er es aussprach, klang es wie ein Schlag.

»Ich hätte mein Studium an den Nagel hängen können, ohne das Glück, dass dieser Ganztagsplatz in der Betreuung frei geworden war.«

»Was ist heute los mit dir?«

Karin schluckte. Viel zu viele Jahre hatte sie ihm gegenüber geschwiegen. Damit würde jetzt Schluss sein.

»Es gibt einen Mann an deiner Seite«, sagte er.

»Das klingt bei dir, als redest du von Fremdgehen. Abgesehen davon irrst du dich.« Sie biss sich auf die Lippe. Warum rechtfertigte sie sich?

»Du bedeutest mir eben etwas.«

Merkte er, wie das »Etwas« seine Aussage relativierte? Möglich, dass sie berufsbedingt die Wörter auf die Goldwaage legte, wie er immer wieder betont hatte. Doch sie spürte, was hinter den Begriffen mitschwang. Das half ihr beim Formulieren ihrer Texte und beim Umgang mit Jonas und Leon. In anderen Situationen – auf Partys, wenn es nur um

Smalltalk ging, oder auch in dem Moment – fühlte sich diese Gabe eher wie ein Fluch an. Es war so viel angenehmer, an der Oberfläche zu schwimmen, sein Gesicht der Sonne zuzuwenden, als auf den Grund zu tauchen, wo sich die Reste des Lebens befanden, das, was untergegangen war.

»Du hast mir alles bedeutet, damals«, sagte sie.

»Wir haben geheiratet.«

Sie schüttelte den Kopf. Warum relativierte er ihre Aussage, indem er einen banalen Fakt dagegensetzte?

»Wir hätten es nie tun sollen.« Karin schluckte.

»Jetzt bist du polemisch.«

»So ist es eben. Studienabschluss, Heirat, noch ein Kind, es hört sich so perfekt an und kann doch keine Liebe retten.«

»Hast du getrunken?«

»Idiot!« Sie legte auf. Als es wieder klingelte, schaltete sie ihr Handy aus.

Karin sah in den Spiegel. Die Wimperntusche war verschmiert, die Frisur zerstört durch ihre Angewohnheit, sich zur Beruhigung durch die Haare zu fahren. Sie wusch sich das Gesicht unter dem Wasserhahn und verzichtete auf einen zweiten Schminkversuch. Nur die Abdeckcreme durfte nicht fehlen. Sie ertrug den Anblick ihrer Augenringe nicht.

Dann zog sie die Haarspange heraus und schüttelte die Haare. Die Vorfreude auf eine eventuelle

Begegnung mit dem Kommissar war ihr vergangen. Sie hatte eine Beziehung hinter sich. Und die reichte nicht nur für ein, sondern mindestens für fünf Leben. Bis zur Rückkehr von Walter und den Jungs blieb sowieso nicht mehr viel Zeit. Doch vom Café aus hatte sie es im Blick, wenn die drei wieder zum Hotel zurückkehrten.

17. Kapitel

Draußen strahlte die Sonne. Es fühlte sich an, als wehte der Wind alle Alexander-Gedanken mit sich fort. Karin überquerte die Bahntrasse, als sie erstarrte.

Da saß er.

An einem der Tische. Vor dem Café Müller.

Die Nachbartische waren belegt. Er beobachtete die vorbeischlendernden Touristen, sah zu den neu Ankommenden herüber, die ihre Koffer von der Inselbahn in Richtung ihrer Unterkünfte zogen, und schien sie noch nicht bemerkt zu haben.

»Hallo«, sagte sie.

»Was für eine Überraschung. Frau Brahms.« Wegner reichte ihr die Hand.

Sie sah in den inneren Gastraum. »Auch drinnen ist kein Tisch mehr frei. Darf ich mich zu Ihnen setzen? Ich wollte gerade zu Mittag essen.« Es stimmte, und trotzdem hatte sie das Gefühl, es klänge, als hätte sie ihm aufgelauert. War sein »Verschieben wir das auf später. Ich habe heute einen langen Tag hinter mir …« vielleicht doch so gemeint, dass er nur zu höflich gewesen war, abzulehnen, weil er sie nicht verletzen wollte?

Er rückte den Stuhl neben sich ein Stück ab und

wies mit einer Armbewegung darauf. Dabei lächelte er.

»Danke.« Sie setzte sich. Es fühlte sich an, als würden die Cafébesucher von den Nachbartischen und alle, die vorbeigingen, herüberstarren.

»Stört es Sie, wenn wir hier so sitzen … wie auf dem Präsentierteller?«

Karin blickte zum Hotel. Bestimmt würden Walter und die Jungs sowieso bald zurückkommen.

Er lachte. Und wie er lachte, dass sie sich allein in dieses Lachen verlieben konnte.

»Kein Problem. Ich habe nichts zu verbergen«, sagte er.

Sie räusperte sich, dann biss sie sich auf die Lippe. »Gerade hat mein Exmann angerufen. Wegen Leons Verschwinden.«

»Er ist wieder da, das ist die Hauptsache.«

»Das habe ich auch gesagt.« Sie sah ihn an und spürte, wie ihre Stirn kribbelte.

Sie unterdrückte den Impuls, sich durch die Haare zu fahren, die bestimmt schon verzottelt genug aussahen. »Aber manchmal ist es kompliziert mit Ex-Ehepartnern.«

»Mag sein.«

»Und Sie?« Am liebsten hätte sie diese zwei Wörter sofort zurückgenommen. Warum konnte man beim Reden nicht einfach wie beim Computer die Löschtaste drücken?

»Ja?«, fragte er.

»Sie sind … Ihre Freundin, Frau …« Karin starrte auf die Speisekarte.

»Ach so. Nein, ich bin und war nicht verheiratet. Ich bin Single.«

Sie fuhr sich durch die Haare. War das ein definitives Statement? Hieß das, dass er Junggeselle war und dauerhaft bleiben wollte? Weshalb hatte er keine Partnerin? Ihr gingen so viele Fragen durch den Kopf, dass sie befürchtete, der Tag würde nicht reichen, um sie alle zu stellen. Wobei – was tat sie hier eigentlich? Dieses Wechselspiel von Hoffnungen und Enttäuschungen wollte sie nie wieder über sich ergehen lassen. Denn wo es endete, war abzusehen.

»Es geht mich nichts an. Entschuldigung.« Sie fühlte, wie Haare an ihren Händen klebten.

»Was darf es sein?« Karin zuckte von der Stimme neben sich zusammen. Am liebsten wäre sie in dem Moment aufgestanden unter dem Vorwand, dass sie keinen Hunger hatte.

»Eine Apfelschorle und ein Pfannkuchen mit Kirschen und Vanilleeis«, sagte sie und dachte dabei an den Tag, an dem Alexander ihr den Heiratsantrag gemacht hatte. Es war ein Mittwoch gewesen, sie wusste es noch genau, auch, wie sie Jonas anschließend vor Freude durch die Luft geschleudert hatte mit dem Gefühl, selber mitzuschweben. Jonas hatte das so gut gefallen, dass er die Wochen danach immer gerufen hatte: »Flieger machen!«

Im Nachhinein war es schlicht und einfach Alexanders Plan gewesen: Studienabschluss, Ehe, ein oder zwei Kinder, Karriere. Dass Jonas so früh gekommen war, war ein Schönheitsfehler in Alexanders Biografie. Karin schüttelte den Kopf. Und sie hatte sich ihre rosa Brille aufgesetzt und nicht nur bei dem mitgespielt, was ihr nun wie eine absurde Theateraufführung für Freunde, Bekannte und Arbeitskollegen erschien. Stattdessen hatte sie gehofft, durch die Geburt von Leon retten zu können, was längst verloren gewesen war.

Die Bedienung brachte den Pfannkuchen, und Kommissar Wegner bestellte einen zweiten Tee.

»Entschuldigung, dass ich so wortkarg bin.«

»Stille ist immer wieder angenehm.« Er zwinkerte ihr zu.

Auch wenn er es noch so sympathisch formulierte, würde er sie nicht von ihrer Entscheidung abbringen können: Keine Beziehungen mehr. Kein Gefühlschaos. Keine Hoffnungen, die nur enttäuscht werden. Sie hätte gar nicht herkommen sollen.

»Gleich schmilzt Ihr Eis am Pfannkuchen vollständig«, sagte er in seiner für ihn so typischen Ruhe. Bei jedem Wort bewegte sich sein Grübchen am Kinn, was sie schmunzeln ließ. Er schien gar nicht zu erwarten, dass sie eine anregende Unterhaltung initiierte. Was erwartete er überhaupt von ihr? Sie beobachtete ihn, wie er mit seinen Händen die Tasse umklammerte, als wolle er die Wärme in sich aufsaugen. Sie fühlte sich wie ein Seismograph, der vergeblich versuchte, die inneren Schwingungen des anderen zu erkennen und zu deuten. Gewöhnlicherweise gelang es ihr sehr gut, doch bei ihm versagte ihre Intuition. Entspannt lehnte er sich nach hinten und sah sie an. Obwohl er sie nicht anstarrte, war es ihr unangenehm.

Sie wich seinem Blick aus, schnitt ein Stück von dem Pfannkuchen ab und genoss die warme Süße. Für einen Moment schloss sie die Augen, dann sah sie ihn an. Trotz all ihrer Bedenken Männern insgesamt und ihm konkret gegenüber – sie schaffte es nicht, dass er ihr gleichgültig war.

»Ihr Hemd gefällt mir«, sagte sie.

»Das ist schon acht Jahre alt.«

Sie schmunzelte und widmete sich wieder ihrem Pfannkuchen. Was dachte er wohl von ihr? Was erwartete er? Was stellte er sich vor?

»Ich habe nie jemanden erlebt, der sich wie Sie in seinem Beruf so sehr für die Menschen einsetzt.« Ihr gelang es, den Nachsatz nicht auszusprechen: Nicht einmal Alexander als Arzt, der es nicht lassen konnte, über den sinkenden Prozentanteil der Privatpatienten zu klagen. Kommissar Wegner hätte mehr als genügend Gründe aufführen können, um von ihr Dankbarkeit zu erwarten, doch er tat es nicht.

»Ich mache meinen Job.«

»Das war der Versuch eines Kompliments.«

»Sie brauchen mir keine Komplimente zu machen.«

»Ich finde es wirklich. Und hört nicht jeder Mann gern Komplimente?« Sie rührte mit der Gabel in dem sich auflösenden Vanilleeis.

»Ist das geschlechtsspezifisch?«

Ihr fiel auf, wie sie mit den Beinen wippte, wie damals zu Schulzeiten, als sie mit dieser Angewohnheit die Banknachbarn zur Verzweiflung gebracht hatte, wenn der gesamte Tisch in Schwingungen geraten war. Sobald sie ihre Aufmerksamkeit nur ein paar Sekunden von den Beinen abschweifen ließ, begann die Bewegung aus sich selbst heraus von Neuem. Sie sah zu ihm. Er machte sie nervös, weil es unmöglich war, ihn einzuordnen. Sie hatte das Gefühl, irgendetwas tun oder sagen zu müssen, damit er sie mochte. Doch er schien darauf ebenso wenig Wert zu legen wie auf Komplimente.

»Prost«, sagte er, zwinkerte ihr zu und berührte mit seiner Teetasse ihr Schorleglas.

»Was tun Sie in Ihrer Freizeit?«, fragte sie und sah sich um. War es wirklich so, dass die Gespräche an den Nachbartischen leiser wurden, dass alle Blicke auf sie gerichtet waren? Sie merkte, wie sie errötete.

»Andreas. Sollen wir uns nicht duzen?«

»Karin.« Sie verschluckte sich an ihrer Schorle. Er reichte ihr eine Serviette.

Sie lächelte.

Er schmunzelte.

Am liebsten hätte sie seine Hand genommen, nur für einen Moment.

»Haben Sie … hast du ein Hobby?«, begann sie erneut und zwang sich, nicht auf sein Gesicht zu starren.

»Triathlon.«

Sie sah ihn fragend an. Meinte er diese Sportart, bei der man mit geschultertem Gewehr Skirennen veranstaltete? Das ergab keinen Sinn.

»Ich habe viel probiert. Malen? Mir fehlt die Begabung. Tanzen? Ich habe es in der Tanzschule bis zum Goldkurs geschafft – aber bei meinem Dienstplan bleibt das auf der Strecke. Ich habe Klavier gespielt, Fußball, Handball, E-Gitarre angefangen. Aber immer bin ich wieder zum Triathlon zurückgekehrt. Für das Lauf- und Radtraining sind morgens früh auf der Insel sehr gute Bedingungen. Und an Schwimmmöglichkeiten mangelt es auch nicht.«

Karin musste lachen. Deshalb hatte sie ihn so häufig beobachtet, wie er in Richtung Strand gejoggt war.

»Und was ist dein Hobby?« Wie er sie dabei ansah! Er fragte es nicht nur aus Höflichkeit, sondern zeigte wirkliches Interesse.

»Ein Stück weit ist mein Beruf mein Hobby. Ich schreibe, und jetzt arbeite ich an einem Roman.

Das ist etwas ganz anderes als die üblichen Reportagen. Da kommt es in erster Linie auf die … aber wechseln wir das Thema.« Jedes Mal, wenn sie über das Romanprojekt redete, zweifelte sie stärker an ihrem Plan. Vielleicht sollte sie besser darüber schweigen?

»Karin!«

Sie drehte sich um. Walter rief ihr so laut zu, dass sie das Gefühl hatte, man würde seine Stimme bis zum Festland hören.

»Darf ich dich am Abend anrufen?«, fragte sie und erschrak über ihre eigene Forschheit.

Er schien sich nicht zu wundern, als wäre es für ihn selbstverständlich, unzählige Fragen dieser Art gestellt zu bekommen. Oder kannte er sie genauer als sie sich selbst, weshalb er nicht überrascht war? Er schrieb eine Telefonnummer auf einen Bierdeckel und reichte ihn ihr. »Deine Nummer habe ich ja. Sie steht auf der Strafanzeige, die ich endlich einmal abheften muss.«

»Ich lasse dir das Geld da. Bezahlst du dann für mich mit?« Sie zog ihr Portemonnaie hervor und wollte den passenden Schein heraussuchen, als sie seine Berührung auf ihrem Unterarm spürte.

»Du bist eingeladen.«

»Danke.« Möglich, dass sie das nicht annehmen sollte, dass sie besser darauf bestand, zu zahlen, doch sie schob den Gedanken ebenso beiseite, wie sie diesmal den Pfannkuchen einfach nicht auf der inneren Kalorienliste vermerkte. Sie würde sich trotzdem noch ein Abendessen gestatten, wenn sie Lust hatte auch ein gesamtes Menü.

Er hob die Hand zum Abschied.

»Bis dann«, sagte sie, stand auf und lief auf Walter zu.

Am liebsten hätte sie ein Rad geschlagen.

»War das dieser Kommissar?«, fragte Walter zur Begrüßung.

»Kann sein.«

»Warum triffst du dich mit ihm?« Jonas sah sie mit zusammengekniffenen Augenbrauen an.

»Er ist nett, oder?« Leon nahm ihre Hand.

»Habt ihr was für den Nachmittag geplant?« Karin sah von einem zum anderen.

»Du bist doch nicht etwa in ihn verliebt!«, sagte Jonas.

»Wenn ihr noch nichts vorhabt, gehen wir an den Strand. In zehn Minuten treffen wir uns hier mit den Badesachen.« Sie schob Jonas beiseite und ging voran die Stufen zum Hoteleingang empor.

Nachdem sich Walter und die Jungs zur Nacht verabschiedet hatten, setzte sich Karin auf das Bett und zog ihr Handy und den Bierdeckel hervor, auf den der Kommissar seine Telefonnummer geschrieben hatte. Andreas. Er hatte ihr das Du angeboten. Sie sprach seinen Namen langsam und mehrmals aus, spürte nach, wie sich die Buchstaben zusammenfügten. War das A am Anfang nicht wie eine positive Überraschung?

Sie wählte die ersten zwei Nummern, dann hielt sie inne. Das Treffen mit ihm war wunderschön gewesen, doch konnte sie ihn einfach anrufen, um ihm das zu sagen? War es eventuell zu spät für ein Telefonat um kurz vor zehn? Hatte er sich schon hingelegt? Oder war es zu früh, um sich zu melden? Sie dachte an den Zeitschriftenartikel, in dem gestanden hatte, man solle – als Frau – mindestens drei Tage vergehen lassen, bevor man zum Telefon griff, damit der andere sich nicht bedrängt fühlte.

»Darf ich dich am Abend anrufen?« Das war so leicht gesagt, und nun schien ihr nichts schwieriger.

Er hatte gemeint, dass er ihre Telefonnummer hätte. Hieß das, dass er es unpassend fand, wenn sie sich meldete, dass er stattdessen die Initiative ergreifen wollte? War es nicht generell eine Regel, dass die Frau das Handeln in der Hinsicht besser dem Mann überließ? Oder war das längst ein veralteter Grundsatz? Und wenn sie anrief, wie ausführlich sollte sie mit ihm sprechen, ohne einerseits desinteressiert oder andererseits aufdringlich zu wirken?

Sie kam sich vor wie eine Touristin in einem fremden Land, in dem sie sich weder mit der Sprache noch mit den üblichen Höflichkeitsformen auskannte.

Ihre Augen brannten vom Starren auf das Handydisplay. Wenn sie nicht handelte, würde sie die gesamte Nacht wach liegen. Karin setzte sich aufrecht hin, hielt die Luft an, während sie seine Nummer wählte. Am anderen Ende der Leitung erklang das Freizeichen. Sie hörte das Rauschen ihres Blutes in den Ohren, spürte, wie der Puls gegen ihre Schläfen hämmerte. Meine Güte, sie war längst erwachsen. Es gab keinen Grund, sich so aufzuregen. Doch Logik half in diesem Moment nicht weiter.

Nach einem Klicken ertönte seine Stimme. »Hier ist der Anrufbeantworter von Andreas Wegner. Das Konzept dieses Geräts ist allseits bekannt. Nachrichten bitte nach dem Piepton.«

Sie beendete die Verbindung und atmete tief durch. Er war nicht da. Oder schlief er schon? Hätte sie ein paar Sätze aufsprechen sollen? Aber welche? Was, wenn er einen eingegangenen Anruf sah und ihre Nummer wiedererkannte? Hielt er sie dann für zu unsicher?

Sie fühlte sich erschöpft, als hätte sie einen Marathonlauf hinter sich gebracht. Es half nichts, weiter nachzudenken. Warum erschienen die Dinge, für die sie jahrelang geglaubt hatte, eine Antwort gefunden zu haben, plötzlich so schwer? Sie erkannte sich selbst nicht wieder.

Mit einem Seufzer stand sie auf, legte das Handy weg und ging ins Bad, um sich eine heiße Dusche zu gönnen.

18. Kapitel

Am nächsten Morgen wurde Karin vom Geräusch des Regens geweckt, der gegen die Scheiben prasselte. Sie drehte sich um und versuchte wieder einzuschlafen, doch die laute Diskussion, die aus dem Nachbarzimmer zu hören war, ließ ihre Gedanken nicht mehr zur Ruhe kommen. Leons Rufe traten schrill aus dem Stimmengewirr hervor. Dabei war es gerade erst halb sieben! Als sie aufstehen wollte und nachsehen, was nebenan vor sich ging, kehrte wie auf Zuruf Stille ein, so plötzlich, als wäre das vorherige Lärmen gar nicht real gewesen.

Fünf Sätze wollte sie nach dem Aufwachen an ihrem Roman schreiben, das war ihr am Vortag als realistisches Pensum erschienen. Und wenn sie einmal in Schwung gekommen war, würden aus diesem kurzen Abschnitt mindestens drei Seiten werden, so war ihr Plan. Nun fühlte sich ihr Kopf an, als kündigte sich eine Erkältung an. Die Augenlider schienen wie zugeklebt. Oder war es allein die Müdigkeit?

Um kurz nach zwei in der vergangenen Nacht hatten die Buchstaben vor ihren Augen zu tanzen begonnen. Es war ein dilettantisch geschriebener Krimi gewesen, der sie trotzdem in seinen Bann gezogen hatte. Dieses Buch war wie ein Tiramisu mit viel zu viel Alkohol gewesen.

Karin nahm Füller und Block, schob sich das Kopfkissen zurecht, so dass sie bequem auf der linken Seite liegen und mit der rechten Hand schreiben konnte. Aus ihrer Erinnerung tauchte Andreas auf, wie er sie aufgefordert hatte, bei dem Ausflug in die Dünen aus dem Auto zu steigen. Sie setzte den Füller aufs Papier.

Wie ist es möglich, dass bei einer Begegnung die altbekannten Maße ihre Gültigkeit verlieren und von einer Minute zur anderen zu klein erscheinen?

Sie betrachtete das Geschriebene und biss sich auf die Lippe. Es klang nicht schlecht, doch der Bezug zu ihrem Roman war mehr als vage.

Anfangs war es die Verunsicherung, mit der sie nicht gerechnet hatte. Er irritierte sie. Dann fasste sie den Beschluss, dass das nicht passieren durfte. Nicht lachen! Und sofort war es wieder da, das Lachen.

Sie drehte die Kappe auf den Füller. Das Problem bestand nicht darin, eine bestimmte Anzahl von Sätzen zu produzieren. Es bereitete ihr keine Probleme, die begonnene Passage um zehn weitere Seiten zu ergänzen und über Andreas und ihr eigenes inneres Chaos zu schreiben.

Die Schwierigkeit war, das vorhandene Konzept zu füllen. Sie kam sich vor wie jemand, der mit Pfeil und Bogen versuchte, die Mitte einer Zielscheibe zu treffen und stattdessen grundsätzlich mittig das daneben hängende Ölgemälde traf. Wobei sie den Vergleich relativierte, wenn sie an die Worte von Max Frisch dachte: »Die Frau ist ein Mensch, bevor man sie liebt, manchmal auch nachher; sobald man sie liebt, ist sie ein Wunder.« Dann war sie diejenige, die nur den Rahmen des Gemäldes streifte.

Der Disput zwischen Walter und den Jungs wurde wieder lauter. Sie zog sich den Morgenmantel über und räumte die Schreibutensilien in die Nachttischschublade, ging zum Nachbarraum und klopfte.

»Heute ist mein iPad-Tag«, sagte Leon.

»Das können wir doch zusammen machen. Wofür habe ich es runtergeladen?« Jonas sprach betont langsam.

»Kommt nicht in Frage.« Walter sah Karin an, als wäre sie die Richterin, für die es nun galt, eine Entscheidung zu treffen.

»Um was geht es eigentlich?«, fragte sie und bereute sofort, dass sie sich eingemischt hatte. Alle drei redeten nun gleichzeitig und versuchten, sich gegenseitig zu übertönen.

»Leon, um was geht es? Und ich will es jetzt nur von Leon wissen!« Anschließend ließ sie Walter und dann Jonas deren Sicht schildern.

Je aufgeregter die Berichte wurden, umso stärker musste sie sich in den Arm kneifen, um ernst zu bleiben. Nach einer vorher abgesprochenen Abwechslungsregel sollte Leon heute das iPad bekommen, aber Jonas hatte von seinem Taschengeld ein Monopoly-Spiel heruntergeladen, das er mit seinem Bruder gemeinsam ausprobieren wollte. Leon beharrte auf der vorherigen Absprache. Walter verlangte, dieses kapitalistische Spiel sofort zu löschen, da es grundsätzlich falsche Werte vermittele.

»Ich habe die Lösung.« Karin schmunzelte.

Alle drei sahen sie an. Sie nahm das Gerät an sich. »Ich schließe es in meinem Zimmer ein, und wir unternehmen zusammen draußen etwas. War doch schön, gestern am Strand!«

In dem folgenden Aufschrei waren sich Walter und die Jungs wieder einig.

»Das verschiebt das Problem nur, ohne es zu lösen«, sagte Walter. »Du als Mutter und ich als Großvater haben eine Pflicht.«

»Ich will iPad machen.«

»Ich habe das Monopoly bezahlt. Deshalb spielst du es nicht allein.«

Karin schüttelte den Kopf. »Drei Personen, drei Ansichten. Ich sollte entscheiden, das ist nun geschehen.«

»Okay.« Leon klang versöhnlich. »Jonas und ich, wir spielen zusammen Monopoly. Den ganzen Morgen.«

»Ihr fahrt in den Urlaub, um im Hotelzimmer zu sitzen und den Tag zu verdaddeln?« Karin legte das Gerät auf den Tisch.

»Ja!«, kam es zeitgleich von Jonas und von Leon.

»Ich gehe frühstücken«, sagte Walter. »Ihr Jungs, ihr könnt nicht wissen, wohin euch das noch führen wird. Nur von eurer Mutter hätte ich mehr erwartet.« Er verließ den Raum und knallte hinter sich demonstrativ die Tür ins Schloss.

»Dann ist ja alles in Ordnung.« Karin zuckte mit den Schultern.

Die Jungs setzten sich am Tisch nebeneinander und beobachteten, wie das Programm startete.

»Wenn ihr Hunger habt, geht essen. Ihr wisst, wo das Buffet ist. Aber unten im Speisesaal bleibt dieses Teil aus!«

Karin wartete. Als niemand antwortete, fügte sie hinzu: »Ihr kriegt jeder hundert Euro.«

»Was?«, kam es simultan. Beide sahen auf.

»Das war nur ein Test, ob ihr zuhören könnt. Im Speisesaal bleibt das Teil aus.«

Walter sah nicht auf, als sie an ihm vorbei zum Buffet ging. Mit einem Croissant und einem Joghurt kehrte sie zu ihm zurück.

»Besetzt«, sagte er, als sie den Stuhl vom Tisch abrückte.

»Sei nicht kindisch.«

Er wich noch immer ihrem Blick aus.

»Walter, jetzt komm schon!«

»Was würde Ulrike sagen, wenn sie ihre Enkel so sehen könnte? Wir haben versucht, dir zu vermitteln, dass Geld nicht das Wichtigste im Leben ist, sondern das Miteinander. Oder denkst du, Reichtum …«

»Es ist ein Spiel!«

Walter schüttelte den Kopf und sah weg. Er wollte von seiner Ansicht nicht abrücken, das war mehr als deutlich. Und sie würde sich von diesen Streitereien garantiert nicht den Urlaubstag verderben lassen.

»Und was hast du dir für heute vorgenommen?«, fragte sie.

»Du bist naiv!«

»Und du verbohrt, so passen wir gut zusammen.« Sie entdeckte auf seinem Gesicht ein Schmunzeln, doch schnell presste er die Lippen aufeinander.

Sie begann zu essen, rührte Zucker in den Tee. Für ein paar Minuten brach die Sonne durch die Wolken und strahlte warm durch das Fenster auf ihren Arm. Dann regnete es wieder.

Der SMS-Eingangston schien ihr diesmal übermäßig laut. Walter sah sie fragend an. Sie zog das Handy aus der Hosentasche.

»Habe heute meinen freien Tag. Was hältst du von einem Ausflug? Andreas«, las sie. Ihre Haut prickelte, als wäre sie aus der Kälte in heißes Wasser gestiegen.

»Gehen wir ins Schwimmbad?«, fragte Walter.

»Du bist nicht mehr sauer?«

»Man hat eben nur eine Familie und muss hinnehmen, was man nicht ändern kann. Also: Kommst du mit?«

Wie sollte sie ihm erklären, was sie vorhatte? War sie nicht eine erwachsene Frau und kein Kind, das um Erlaubnis fragen musste, mit wem es sich wann traf? Doch alle Logik half in diesem Moment nicht weiter.

»Ich kümmere mich um die Recherche für meinen Roman und gucke, was ich über die Insel und die Einheimischen herausfinde.«

Sie sah an der Art, wie Walter die Augen zusammenkniff, dass er ihr nicht glaubte.

»Du suchst Menschen, die hier leben? Geh in die Küche, nur ein paar Schritte. Dieser junge, sympathische Herr, der das Hotel leitet, hilft dir bestimmt gerne. Und wie ich gehört habe, ist er nicht einmal verheiratet.«

»Bitte!« Karin stöhnte. Wieder dieses Thema. Stur war Walter, das wusste sie, nur dass er so hartnäckig blieb, hatte sie nicht erwartet. Es schien, als würde er sein Heiratsvermittlerprojekt erst aufgeben, wenn er sie ein zweites Mal zum Standesamt führen konnte – und zwar an der Seite des Mannes, den Walter für passend befand.

»Es hängt mit der SMS zusammen, die du gerade bekommen hast.« Er musterte sie.

»Es hat wirklich gut geschmeckt. Ich gehe mir die Zähne putzen. Und dir viel Spaß beim Schwimmen. Die Jungs sind ja beschäftigt. Um eins brechen wir dann zum Mittagessen auf. Wenn du mitkommen willst ...« Sie stand auf.

Im Aufzug las sie sich Andreas' SMS noch einmal durch und schrieb zurück: »In einer Stunde vor dem Hotel? Oder in einer halben? Karin.«

Als sie im dritten Stock ausstieg, sendete sie die Nachricht ab.

»In einer halben Stunde«, kam es Sekunden später als Antwort.

Sie breitete all ihre Kleidungsstücke auf dem Doppelbett aus. Alles, was sie mitgenommen hatte, war daraufhin ausgesucht, dass es bequem war, man den Schmutz nicht sofort sah, dass man nichts zu bügeln brauchte. Diese Kriterien spielten nun nur eine untergeordnete Rolle. Gerne hätte sie die helle Seidentunika gehabt, obwohl das Teil von jeder Seite einzeln mit dem Bügeleisen bearbeitet werden musste. Sie konnte sich weder mit den Turnschuhen noch mit den Sandalen anfreunden.

Wie sie die Hosen mit den Shirts auch kombinierte, es sah einfallslos aus.

Das Geräusch des ankommenden und wieder abfahrenden Aufzuges erklang. Auf dem Gang waren Schritte zu hören. Es war Walter, unverkennbar.

Am liebsten hätte sie sich vollständig neu eingekleidet. Doch dafür reichte die Zeit nicht. Sie entschied sich für die dunkle Stretchjeans und das flaschengrüne Shirt mit der Raffung am Ausschnitt. Bei dem Wind war eine Hochsteckfrisur günstiger. Sie drehte die Haare im Nacken zusammen und steckte sie fest. Zur Vorsicht hängte sie sich Wollpullover und Regenjacke über den Arm. Anschließend ging sie zum Nachbarzimmer.

Auf ihr Klopfen reagierte niemand.

»Jonas? Leon?« Karin hämmerte gegen das Holz, so laut, dass sie befürchtete, gleich öffneten sich alle Türen der umliegenden Zimmer.

Leon schob die Tür auf. »Wir spielen.«

»Dann drückt mal den Pausenknopf.«

Jonas stöhnte, schaltete das Gerät aus und ließ sich auf das Bett sinken, als hätte er bereits einen gesamten Arbeitstag hinter sich gebracht.

»Habt ihr schon gegessen?« Karin sah von einem zum anderen und las in den Gesichtern, dass es nicht so war. »Haltet euch ran, sonst sind die Croissants weg.«

»Ja, Mama. Sicher, Mama.« Jonas schloss die Augen.

Das war dieser Tonfall, den sie hasste. Ist doch egal, was du sagst, ich höre sowieso nicht hin. Das war die Übersetzung für sein beschwichtigendes »Ja«. Sollte sie darauf eingehen oder es einfach ignorieren?

»Ich sehe mir den Ort an und unternehme eine

kleine Wanderung. Wenn etwas ist – ihr könnt mich auf dem Handy erreichen. Und versprecht, dass ihr im Hotel bleibt.«

»Wir sprengen als Selbstmordattentäter die Inselbahn in die Luft.« Jonas grinste.

»Das ist nicht witzig!« Sie verabschiedete sich und sah sich zu den beiden noch einmal um. Sie waren schon wieder in ihr Spiel vertieft. Wenigstens in der Hinsicht hatten sie sich geeinigt.

Draußen war es so stark abgekühlt, dass sie den Wollpullover sofort überzog.

19. Kapitel

Andreas saß auf der untersten Treppenstufe vor dem Hotel und hielt sein Gesicht in die Sonne. Karin begrüßte ihn mit einer Umarmung und hatte das Gefühl, Verbotenes zu tun. Seine Berührung an ihrem Rücken kribbelte vom Hals bis zu den Zehenspitzen. Sie wollte seine Hand nehmen, zog den Arm jedoch schnell wieder zurück. Was, wenn Jonas oder Leon genau in diesem Augenblick aus dem Fenster sahen? Es war unwahrscheinlich, aber nicht unmöglich.

»Bei dem Regenwetter können wir kaum etwas draußen unternehmen«, sagte sie.

»Die Sonne scheint«, erwiderte Andreas.

»Sie verschwindet gerade hinter einer Wolke.« Karin zeigte zum Himmel. »Und für heute haben sie Regen angesagt.« Sie spürte einen Tropfen auf ihrer Nase. Der Wind wehte ihr Haarsträhnen übers Gesicht.

»Alles nur Schauer.« Er lächelte mit einer solchen Zuversicht, als könne er damit das Wetter beeinflussen.

Sie konnte nicht anders, als mitzulächeln. »Und wenn wir in einen Wolkenbruch kommen?« Seine Erfahrungen mit dem Wetter auf dieser Insel waren das eine, die Wettervorhersage, die stündlich aktualisiert wurde, das andere. Er schien keinerlei Zweifel zu haben.

»Dann los.« Sie wollte die Regenjacke überziehen, als die Wülste der Pullovernähte am Reißverschluss der Jacke hängenblieben. Sie trug den Pullover auf links.

»Einen Moment.« Sie zurrte am Ausschnitt. Nun hatte sich die Wolle in der Haarklammer verfangen. Als sie fester zog, fühlte es sich an, als lösten sich bald die Haare von der Kopfhaut. Sie unterdrückte einen Schrei.

Auch der Versuch, den Pullover in die Ursprungsposition zu zerren, scheiterte.

»Ich komme nicht raus.« Karin wollte sich zu Andreas umdrehen, wusste aber nicht mehr, wo er sich befand.

»Keine Panik.« Seine Stimmlage erinnerte sie an Alexanders Gespräche mit Patienten, wenn diese spätabends nach Untersuchungsergebnissen gefragt hatten. Alexander hatte sich nicht die Mühe gemacht, in den Unterlagen nachzusehen, die er grundsätzlich mit nach Hause genommen hatte, sondern er hatte zu irgendwelchen banalen Beschwichtigungen gegriffen.

»Ich bin nicht panisch!« Sie zwang sich, still zu halten und nicht um sich zu schlagen. Dann hörte sie ein Klacken vom Öffnen der Haarspange, und der Pullover glitt über ihren Kopf.

»Alles in Ordnung?«, fragte er.

Nichts war in Ordnung. Ihr Herz raste, Schweiß lief ihr kalt hinten am Rücken herab. »Schon als Kind habe ich mich geweigert, Blinde Kuh mitzuspielen.« Sie musste etwas sehen, um den Überblick zu behalten. Ihr Gesicht fühlte sich heiß an.

»Hier.« Andreas sortierte den Ärmel und reichte ihr den Pullover. In seinem Gesichtsausdruck fand sie weder Spott noch einen Anhaltspunkt, dass er sich insgeheim über sie lustig machte. Alexander hatte sich bei ähnlichen Gelegenheiten seine spitzen Kommentare nicht verkneifen können. Ja, ihre Angst war völlig unbegründet, aber sie konnte nichts dagegen tun.

Karin blickte die Hotelfassade hinauf und versuchte, einen klaren Gedanken zu fassen. Sollte sie den Pulli anziehen? War es überhaupt warm oder kalt? Sie spürte nur ihre innere Hitze.

»Gehen wir«, sagte Andreas, nahm ihr den Pulli ab und band ihn über ihrer Schulter zusammen. Dann reichte er ihr die Haarspange.

Sie liefen am Leuchtturm entlang, weiter bis zur Strandpromenade.

»Kommst du mit deinem Buch vorwärts?«, fragte er.

»Nicht wirklich.« Sie hatte das Gefühl, sich entschuldigen zu müssen.

»Warum fährst du nach Borkum, um diesen Roman zu schreiben?« Er schlug den Weg in Richtung Ostland ein.

Sie atmete tief ein. Bei Regen roch die Luft noch würziger. An diesem Tag waren kaum andere Wanderer unterwegs, und bisher musste sie nur zweimal ausweichen, um Radfahrer vorbeizulassen. »Hier habe ich fast drei Wochen ohne die Redaktion, ohne Verpflichtungen. Es ist genug, um die Erstfassung zu skizzieren – optimistisch gerechnet. Wobei die Handlung an sich schon abgesprochen ist. Sogar ein Verlag hat Interesse bekundet.«

»Hm«, sagte er.

Karin war gewohnt, dass diejenigen, denen sie das erzählte, etwas Zustimmendes äußerten. Sie sah an Andreas' gerunzelter Stirn, dass ihn ihre Antwort nicht überzeugte.

»Dir möchte ich als Straftäter nicht in einem Verhör gegenübersitzen«, versuchte sie zu scherzen.

»Befragung nennen wir das, und es ist nicht so, wie es oft in Fernsehserien gezeigt wird. Meistens weiß ich nach ein paar Minuten, was vor sich gegangen ist.«

»Eben.«

Bald kamen sie an die Stelle, wo Karin bei ihrer ersten Wanderung in Richtung Strand abgebogen war, doch Andreas ging zielstrebig weiter geradeaus.

»Ein Urlaub reicht nicht, um ein Buch zu schreiben«, sagte er.

»Nur die Erstfassung. Ich skizziere die einzelnen Szenen und formuliere nur die wichtigen Handlungsteile aus.«

»Ich weiß nicht.«

»Du lässt wirklich nicht locker.« Sie sah zu Boden und fühlte sich, als hätte er sie bei etwas Verbotenem ertappt. Er machte sie nervös.

»Wir sind da.« Er zeigte nach rechts, wo nun ein Haus hinter den Dünen auftauchte. »Das Café Sturmeck. Bei Sonnenschein hätten wir hier keine Ruhe. Jetzt wird uns niemand stören.«

Am Aufgang zu dem dunklen Backsteingebäude lag ein altes Ruderboot. Karin stellte sich vor, wie es wäre, an diesem Ort zu wohnen, das Boot zu nehmen und ein Stück weit aufs Meer hinauszufahren. Für einen Moment glaubte sie, die Wellen unter sich zu spüren. Karin schloss die Augen, und als sie sie wieder öffnete, schien die Sonne und ließ die Wassertropfen auf den hochgeklappten, weißen Plastikstühlen glänzen. Sie blinzelte.

»Gehen wir lieber rein, gleich kommt ein Regenguss. Den warten wir drinnen ab«, sagte er.

Sie sah auf sein Kinn, wie sich das Grübchen vertiefte. »Du erzählst so wenig von dir.« Karin dachte an Alexander, der ununterbrochen von sich reden konnte, von dem, was er erreicht hatte, dass für ihn immer nur das Beste in Frage kam. Anfangs war sie beeindruckt gewesen, auch wenn sich schnell Angst darunter gemischt hatte. Was, wenn er herausfinden würde, dass sie eventuell nicht zu den Besten zählte? Alexander und Andreas, sie waren so verschieden, dass sich die Unterschiede kaum steigern ließen.

»Was willst du wissen?«, fragte Andreas.

»Das ist typisch für dich.« Sie lachte.

»Was meinst du?«

»Warum bist du Polizist geworden?« Sie sah zu dem auberginefarbenen Ledersofa, wählte dann doch einen Platz auf einer der bunt bezogenen Bänke am Fenster. Von dort aus hatte sie einen Blick in die Ferne über die Dünen, den Sandstrand, bis weit auf das Meer hinaus.

Er setzte sich ihr gegenüber. »Ich mochte alles Spannende. Habe Krimis verschlungen, Räuber und Gendarm in den verschiedensten Varianten gespielt. Ich habe geglaubt, Polizisten wären allein dafür da, die Welt ein Stück besser zu machen. Da hatte ich von der ganzen Büroarbeit nichts geahnt.«

»Als ich beim Kulturteil angefangen habe, dachte ich auch nicht an Kirchenkonzerte mit kleinen Dorfchören, wo die Frauen die Männerstimmen mitsingen.«

Der Blick, den er ihr zuwarf, war so, dass es schmerzte. Was war aus ihren Träumen geworden?

Sie überlegte, sich ein zweites Frühstück zu gönnen. War es die Seeluft, die diesen Appetit verursachte?

Er wählte einen Kaffee.

»Ich überlege noch.« Ihr Magen fühlte sich an, als hätte sie seit Wochen gehungert.

»Was denkst du?« Andreas sah sie an.

»Ob ich über die Stränge schlage. Das hier …« Karin zeigte mit dem Finger auf die Speisekarte.

Als die Bedienung den Kaffee brachte, bestellte er für sie.

»Du bist verrückt«, sagte sie.

»Wenn du es nicht möchtest, lass es stehen. Oder schockiere deinen Vater mit einem Gelage.« Er zwinkerte, deutete nach draußen.

Zuerst dachte sie, es könnte nicht sein. Walter! Doch er war es – unverkennbar. Wenn er in ihre Richtung sah … Sie wollte den Gedanken lieber nicht beenden. Sie duckte sich und kam sich vor wie damals, als sie vor ihrem Vater das Tagebuchschreiben versteckt hatte. Nabelschau hatte er es genannt und sie zu mehr Realitätssinn aufgerufen. Verflixt! Wie lange wollte sie sich noch vor Walter verstecken?

»Mit einem Gelage kann ich ihn nicht aus der Fassung bringen. In der Hinsicht ist er unübertrefflich.« Karin rückte wieder zum Fenster hin. Inzwischen war Walter außer Sichtweite.

Andreas sah sie mit diesem für ihn typischen Blick an, der dem Gegenüber das Gefühl gab, durchschaut zu werden. Es war ihr unangenehm.

»Du kannst meinen Vater einfach nicht übertreffen«, sagte sie und unterbrach sich, als das Frühstück gebracht wurde. »Er hat alles ausprobiert. Drogen – natürlich nur früher. Ausschweifende Partys.«

Sie rührte in ihrem Kaffee. Das stimmte. Walter hatte nichts ausgelassen in seinem Drang, bestehende Grenzen zu überschreiten.

»Ich konnte ihn nur schockieren, indem ich mit neunzehn, als mein erstes Einkommen da war, eine Berufsunfähigkeitsversicherung, eine Lebensversicherung und einen Bausparvertrag gleichzeitig abgeschlossen habe.« Sie versuchte zu lachen, aber es klang wie eine Mischung aus Husten und Schluckauf.

»Wir können auch über etwas anderes reden«, meinte er.

Sie nickte.

Karin nahm eine Brötchenhälfte und sparte nicht mit Butter und Marmelade in der plötzlichen Überzeugung, dass das im Grunde keine Rolle spielte. Walter, die Erinnerung an Leons Katastrophenausflüge, all das rückte in weite Ferne. Sie genoss die Süße in ihrem Mund, sah dabei auf das Meer, und es war, als hätte jemand die Welt gerade gerückt.

»Du hast einen guten Appetit«, sagte Andreas.

»Muss an dir liegen.« Sie zwinkerte, verzichtete darauf, das zu konkretisieren. Er würde kaum nachvollziehen können, wie es war, eine Liste aller verbotenen Lebensmittel so verinnerlicht zu haben, dass alles Süße, alles Fette, eben das, was gut schmeckte, auf einem Index stand. Sie verspürte einen solchen Nachholbedarf nach Essen, dass sie befürchtete, nie genug zu bekommen.

Gedankenverloren griff sie vor sich zum Streuer, um den Kaffee zu süßen.

»Stopp!« Er schob ihren Arm beiseite.

»Das ist Salz.«

Sie schluckte, spürte die Wärme seiner Hand. Würde er sie nur nie wieder loslassen!

»Nicht schlimm, so viel Salz ist es nicht gewesen.« Sie öffnete ein Zuckertütchen und schüttete den Inhalt zusätzlich in die Tasse.

Auch eine weitere Zuckerportion konnte daran nichts ändern: Es schmeckte so, dass sie an Abwaschwasser dachte. Sie merkte, wie sich ihre Gesichtsmuskeln beim Schlucken verzogen.

Andreas hob den Arm und bestellte einen neuen Kaffee.

»Ich hätte ihn gut noch trinken können«, sagte sie. In seiner Gegenwart war es, als hätte sie ein Abonnement auf Missgeschicke abgeschlossen. Ihre ganz persönliche Pannenflatrate.

»Nicht, wenn du deinen Gesichtsausdruck gesehen hättest.« Er grinste.

Als sie den frisch aufgebrühten, salzfreien Kaffee probierte, atmete sie auf.

Sein Blick schweifte nach draußen. »Manche sagen ja, so eine Insel wird auf Dauer zu eng, aber das stimmt nicht. Überall ist hier Weite. Wenn man an diesem Strandabschnitt weiter in Richtung Osten geht, bis zum Zipfel der Insel und dort auf der Südseite zurückgeht ...« Er strich sich über sein Kinn, und sie hielt den Atem an.

Das Meer begeisterte ihn, das klang bei jedem seiner Worte mit. Würde sie neben seiner Leidenschaft für das Meer und seine Arbeit auch noch einen Platz finden können?

»Ich habe es schon Tausende von Malen gesehen, wie am Horizont Himmel und Meer aneinanderstoßen und sich die Perspektiven vermischen, und trotzdem ist es jedes Mal neu. Oben und unten spiegeln sich, und manches wirkt anders, wenn man nur lange genug auf den Horizont geschaut hat. Es hilft, wenn man nicht weiterweiß.«

Karin hörte gebannt zu und merkte gar nicht, wie sie aß und aß. Und es schmeckte! Nach zwei Brötchenhälften und einem Ei, das sie ohne weitere Zwischenfälle verspeist hatte, passierte, was sie eine Viertelstunde vorher nicht für möglich gehalten hatte: Sie war satt.

»Danke«, sagte sie.

»Wofür?«

»Dass es nicht kompliziert war ... ist ...« Sie hatte das Gefühl, sich in ihrem Satz zu verheddern.

Doch er nickte mit einem zustimmenden Blick, als bräuchte sie sich gar nicht genauer zu erklären.

»Wenn es alles nicht so kompliziert wäre im Leben.« Sie war keine fünfzehn und auch keine zwanzig Jahre alt. Sie hatte Entscheidungen getroffen, so vieles war in der Zwischenzeit geschehen, das sich nicht ausblenden ließ. So sehr sie hoffte, Andreas würde ihr widersprechen, er tat es nicht. Aber wie er sie ansah, war es, als spielte das alles plötzlich keine Rolle mehr.

20. Kapitel

Den Rückweg gingen sie schweigend nebeneinander her. Karin dachte an das Zusammensein im Café, an seine Beschreibungen von der Insel, an seinen Wunsch, irgendwann einen Motorbootführerschein zu machen, sich ein eigenes Boot zu kaufen, und die Stille wirkte nicht wie Sprachlosigkeit. Karin suchte nach dem treffenden Wort. »Geborgenheit« drängte sich auf. Sie fand den Begriff zu melodramatisch.

Vor dem Hotel hob sie zum Abschied die Hand und wusste nicht, was sie sagen sollte. Er stand vor ihr mit seinem windzerzausten Haar, dem Grübchen am Kinn, das mitzulächeln schien. Am liebsten hätte sie wie beim DVD-Player die Pausentaste gedrückt, »Geh nicht« gerufen, fragte sich aber gleichzeitig, ob sie das, was sie geschehen ließ, überhaupt wollte. Was war mit ihrer Unabhängigkeit, die sie sich mühsam erkämpft hatte?

»Bis dann«, sagte Andreas leise.

War es sein Atem oder der Wind, den sie auf ihrer Haut spürte?

»Bis dann.« Karin sah ihm nach, wie er am Bahnhof in der Menge der neu ankommenden Reisenden verschwand.

Mit einem Ruck straffte sie ihren Körper und ging die Stufen zur Eingangstür hinauf.

Wie er sich verabschiedet hatte … hieß das, dass er auf ein Wiedersehen hoffte, dass er sogar davon ausging, dass es stattfinden würde? Oder hatte er die Zeitangabe bewusst vage gehalten, weil er im Grunde kein Interesse mehr an ihr hatte – was sie durchaus nachvollziehen konnte? Wer war schon an einer beziehungsgeschädigten Fast-Vierzigerin mit Kindern interessiert, die all ihre Kraft aufwenden musste, um Job, Familie und Haushalt unter einen Hut zu bringen? Dann waren es nur sein Einfühlungsvermögen und der Wunsch, sie nicht zu verletzen, wodurch er abgehalten wurde, sich mit »Nein, danke« zu verabschieden?

Es fühlte sich an, als wankte der Boden unter ihr. Es war unglaublich, wie viele Interpretationsmöglichkeiten allein zwei einfache Worte lieferten, verwirrt und verquirlt durch die eigenen Gefühle. Nun war es doch kompliziert!

Karin ging zum Zimmer von Walter und den Jungs und klopfte an die Tür.

Jonas öffnete. »Was ist?«, fragte er.

»Schön, dass ihr mich so sehr vermisst habt.« Sie schmunzelte und drehte sich um, als sie das Geräusch der Aufzugtür hinter sich hörte. Walter kam.

»Du hast die Jungs allein gelassen? Und hast was gemacht?« Die Hände in ihren Hosentaschen ballten sich zusammen, dass sie die Fingernägel in der Haut spürte. Das durfte doch nicht wahr sein.

»Bleib locker. Ich war kurz draußen.« Ihr Vater lächelte. Damit war das Thema für ihn anscheinend erledigt.

Sie schüttelte den Kopf. Oder hatte er recht? Sah sie laufend Probleme, wo keine waren?

»Ihr seid alle bereit zum Aufbruch?« Walter sah von einem zum anderen. »Dann können wir sofort zum Mittagessen gehen.«

»Nur das Spiel fertigmachen.« Jonas umklammerte das iPad so fest, als hätte er Angst, Karin würde es ihm wegnehmen.

»Wie lange dauert das?« Eine Diskussion über Computernutzungszeiten hatte ihr gerade noch gefehlt.

»Eine halbe Stunde.« Leons Antwort klang eher wie eine Frage.

»In Ordnung. Um halb zwei. Aber auf den Punkt«, sagte sie. Und das war durchaus als Drohung gemeint.

Jonas zog sich wieder mit Leon auf das Doppelbett zurück.

»Ruhe zwischendurch kann ich wirklich gebrauchen.« Walters Haare klebten verschwitzt an seiner Stirn. Er stand so gebeugt vor ihr, dass sie erschrak.

»Wo ist deine Schwimmtasche?« Sie musterte

ihn genauer. Gleichzeitig verbarg sich hinter seiner Erschöpfung etwas Schelmenhaftes.

»Hier im Zimmer. Bin gar nicht schwimmen gewesen, weil diese verdammte Kurkarte nicht auffindbar ist. Den vollen Eintrittspreis zahle ich nicht. Ich habe an der Kasse gefragt, ob sie sich nicht an mich erinnern können, aber sie sind stur geblieben ...«

Karin hörte der folgenden Erklärung gar nicht mehr richtig zu. Jedes Mal, wenn Walter mit überbordender Ausführlichkeit erzählte, wollte er etwas anderes verbergen. Das hatte sie schon vor fünfundzwanzig Jahren gelernt.

»Du bist spazieren gegangen?«, fragte sie.

»Ja. Das Wetter ist ja eher wechselhaft. Und anfangs würde man vermuten ...«

Sie rümpfte die Nase. Seine Zustimmung kam zu schnell, und wieder konnte sie wetten, dass an seinen ausschweifenden Erzählungen etwas nicht stimmte. Sie hatte ihn am Café Sturmeck gesehen. Er konnte nicht die Strandpromenade zurückgegangen sein, sonst hätte sie ihn überholen müssen. An seiner Hose klebte Sand, ebenso an seinem Pullover. Sandkörner hatten sich zwischen den gestrickten Maschen verfangen, dass er entweder den Pullover oder sich selbst in den Sand gelegt hatte. Wobei es an diesem Tag zu kühl war, um sich nur im T-Shirt im Freien zu bewegen.

Sollte sie ihm sagen, dass sie ihn vom Café aus

entdeckt hatte? Sie wollte keine Diskussion entfachen, warum und mit wem sie dort gewesen war.

»Versprich mir, dass du dich mit dem, was du tust, nicht in eine Katastrophe stürzt«, sagte sie.

»Ist doch klar.«

»Schwörst du?«

»Ich schwöre.« Ihr Vater blickte verschmitzt.

Konkreteres war im Moment garantiert nicht von ihm zu erfahren, das war mehr als deutlich. Sie resignierte. »Wir sehen uns um halb zwei. Ich schreibe noch ein paar Seiten.« Sie wandte sich ab.

In ihrem Zimmer sank Karin aufs Bett. In ihrer Vorstellung kehrte sie ins Café zurück, sah die Tische, Bänke und Andreas vor sich.

»Es war schön«, hatte sie gesagt, und er hatte geantwortet: »Das ist es doch noch immer.«

Er hatte recht. Sie genoss es, einfach auf dem Rücken zu liegen und sich zu entspannen.

Dann drehte sie sich auf die Seite und zog die Kladde hervor, die sie in dem Lädchen am Leuchtturm gefunden hatte. Der Einband sah aus wie von Hand gestaltet mit den auf blauem Hintergrund aufgeklebten Ledermuscheln. Das sollte ihr neues Tagebuch sein. Möglicherweise half das Aufschreiben dessen, was ihr durch den Kopf ging, auch dabei, sich anschließend besser auf den Roman zu konzentrieren.

Sie ärgerte sich über sich selbst, als sie merkte,

wie sie begann, sich für das zu rechtfertigen, was sie gerne tun wollte. Was war verboten daran, ein Tagebuch zu führen?

Zuerst trug sie das Datum ein, und alle Zweifel waren verschwunden.

Ich will mich nicht mit Walter messen. Jeder Versuch, ihn zu übertreffen, ist zum Scheitern verurteilt. Trotzdem ist es erschreckend, dass Walters Sexleben meins bei weitem übertrifft. Ich möchte gar nicht wissen, wie seine Beziehungen zu all den Nachbarinnen aussehen, die fast einen Wettstreit eröffnen, wer an welchem Tag für ihn kochen darf. Er flirtet, verteilt Umarmungen, küsst und wird geküsst, während ich mich kaum mehr dran erinnern kann, wie sich ein Kuss anders anfühlt als ein stürmischer Dankeskuss von Jonas oder Leon, wo man bei der gleichzeitigen Umarmung so fest gedrückt wird, dass man sich wundert, kein Knacken in der Rippengegend zu hören.

Sie musste über die Wörter nicht nachdenken, die ohne ihr bewusstes Zutun flossen. Als es an der Tür hämmerte, ließ sie Kladde und Füller schnell in der Nachttischschublade verschwinden.

»Komme schon.« Sie zog sich Sportschuhe an, nahm die Regenjacke und öffnete die Tür.

»Erst drängelst du, und dann bist du nicht fertig. Wir haben extra wegen dir das Spiel unterbrochen«, quengelte Leon.

»Jetzt bin ich da.«

»Walter hat gesagt …« Leon stockte. »Was ist mit dir?«

»Was soll mit mir sein?« Es fühlte sich an, als zöge jemand ihre Mundwinkel aufwärts.

»Du guckst so stoned.«

»Vielleicht bin ich das auch.«

21. Kapitel

Er wolle ihr seine Lieblingsstelle am Strand zeigen, schrieb Andreas. Ob sie Zeit habe? Karin las die SMS wieder und wieder. Andreas wollte sie treffen, definitiv. Sie ließ das Handy in ihrer Hosentasche verschwinden und setzte sich zum Frühstück an den angestammten Familientisch.

»Dieser Urlaub ist so was von öde«, sagte Jonas. »Ich habe eine Mail von Flo gekriegt. Warum kann ich nicht zu den anderen nach Frankreich? Alle Eltern haben es erlaubt. Nur du nicht. Papa hat nichts dagegen.«

»Du hast mit Alexander gesprochen, weil du von hier wegwillst?« Sie ahnte die Antwort schon und wie Alexander reagiert hatte. Alles zu gestatten war auch so viel einfacher, als sich mit einem »Nein« unbeliebt zu machen.

Jonas nickte.

»Wir sind eine Familie!«

»Was hast du gegen meine Freunde?«

»Es geht nicht darum, sondern um die Vorstellung, dass du Hunderte von Kilometern allein reist. Was, wenn ein Unglück passiert? Reicht dein Französisch aus, um dich wirklich zu verständigen?«

Jonas verdrehte die Augen. »In dem Zeltlager sind Betreuer.«

»Nein!« Und davon würde sie sich auch nicht abbringen lassen, mochte Jonas noch so oft betonen, was Alexander für richtig hielt.

»Mit mir brauchst du dann heute nicht zu rechnen. Ich bleibe im Hotel und probiere neue Games aus. Wenigstens WLAN haben sie ja hier.«

»Jetzt sag du mal was!« Karin sah Walter an und ärgerte sich gleichzeitig, dass sie ihn überhaupt nach seiner Meinung fragte. Konnte sie das nicht selbst entscheiden und regeln?

»Leon will mit mir schwimmen gehen. Die Kurkarte ist zum Glück wieder aufgetaucht. Der Nachmittag ist für mich allein verplant.«

»Super!« Karin stand auf und ging zum Buffet. Was war nur aus dem Bild geworden, das sie vorher von diesem Urlaub entworfen hatte? Jonas und Leon, die am Strand Volley- oder Beachball spielten, während sie im Strandkorb saß und schrieb, täglich ein Kapitel vorankam. Bald wurde dieses Bild um Walter ergänzt, der währenddessen Spaziergänge unternahm und Aktivitäten mit den beiden Jungs plante.

Sie schnitt ein Brötchen in zwei Hälften, nahm ein Ei, Marmelade und Butter dazu. Blieb ihr eine andere Wahl, als tatenlos zuzusehen, wie von ihrem Wunschtraum nichts mehr übrig blieb?

Als sie sich wieder an den Tisch setzte, versuchte

sie, sich ihre Enttäuschung nicht anmerken zu lassen.

»Bin weg.« Jonas stand auf.

»Wir treffen uns um eins hier und gehen dann zusammen in ein Restaurant«, sagte sie.

»Wartet nicht auf mich. Oben sind noch Chips und Cola. Das reicht.«

Karin öffnete den Mund. Bevor sie etwas entgegnen konnte, war Jonas bereits verschwunden.

»Und dich stört das gar nicht?« Sie sah zu Walter hinüber.

»Lass ihn doch. Er schadet damit niemandem. Das ist das Alter, in dem du auch mit Ulrikes und meinen Nachmittagen im Schrebergarten nichts mehr zu tun haben wolltest. Wir haben dich damals einfach in Ruhe gelassen.«

»Das kann man nicht vergleichen. Ich musste für die Schule lernen.«

»Hast du jedenfalls gesagt.« Walter zwinkerte ihr zu. »Hättest du gelernt, wären deine Vokabeltests besser ausgefallen.«

»Danke für die Unterstützung.« Sie unterdrückte den Impuls, mit der Hand auf den Tisch zu schlagen. Schlimmer, als dass ihr keine weitere Entgegnung einfiel, war die Tatsache, dass es stimmte, was Walter sagte. Sie hatte keine Hausaufgaben erledigt, sondern stundenlang telefoniert, was anhand der übermäßig hohen Telefonrechnung auch nicht zu leugnen gewesen war in einer Zeit, als es keine

Flatrates gegeben hatte. Walter hatte die Beträge einfach gezahlt, ohne eine Erklärung zu verlangen, mit wem sie gesprochen hatte.

»Und du meinst, ich soll ihn ziehen lassen? Allein nach Frankreich?« Sie sah Walter an.

»Diese Veranstaltungen vom Alpenverein sind doch harmlos. Etwas Klettern, Lagerfeuer, und am Abend singen sie Lieder zur Gitarre. Die holen ihn bestimmt vom Bahnhof ab.«

»Walter.« Leon rüttelte an Walters Schulter. »Gehen wir los? Sonst wird es wieder so voll im Wasser, und das macht dann keinen Spaß mehr.«

Walter stand auf. »Ach, Kleines. Du machst dir einen viel zu großen Kopf. Dabei hast du zwei so tolle Jungs.«

Karin sah den beiden hinterher und überlegte, ob Walter vielleicht gar kein so schlechter Vater gewesen war, wie sie immer gedacht hatte.

22. Kapitel

Karin und Andreas trafen sich am neuen Leuchtturm. Für einen Augenblick dachte sie, er würde sie zur Begrüßung umarmen, sie küssen, doch ihr Zögern ließ auch ihn innehalten.

»Schön, dass du gekommen bist«, sagte er. »Und wie kommst du mit deinem Roman voran?«

Sie zuckte mit den Schultern. »Wenigstens sieht es so aus, als wird das Wetter besser.« Warum hatte sie ihm überhaupt von diesem Plan mit dem eigenen Buch erzählt?

»Also bist du nicht zufrieden.« Er musterte sie.

»Zwölf Seiten habe ich geschrieben. Allerdings nicht für den Roman, sondern im Tagebuch.« Bei dem Versuch, den Hotelschlüssel in ihrer Handtasche zu verstauen, löste sich der Magnetverschluss vom Kosmetikfach. Wimperntusche, Lippenstift, Tampons und der Abdeckstift rollten über den Asphalt. Fahrräder wichen aus, klingelten bei den Fast-Zusammenstößen, die sich daraus ergaben. Karin stand wie erstarrt da und beobachtete, wie Andreas einen Gegenstand nach dem anderen aufhob. Jeden Moment rechnete sie damit, dass ein Rad mit ihm zusammenstieß, was aber nicht geschah.

»Bitte.« Er reichte ihr alles zurück.

Sie steckte alles wieder in das kleine Seitenfach. Der Verschluss ließ sich erst im vierten Versuch verriegeln.

Sie sah ihn an. »Du machst mich nervös.« Am liebsten wäre sie umgekehrt. Warum musste sie sich in seiner Gegenwart nur wie ein tollpatschiger Teenager verhalten?

»Ich mache dich nervös?« Andreas lachte.

Dies war eine der typischen Situationen, in denen es zwischen ihr und Alexander immer zum Streit gekommen war.

»Findest du das lustig?«, fragte sie.

Er legte seinen Arm um ihre Schulter. »Komm mit«, sagte er, und es fühlte sich an, als wische er mit diesen beiden Worten das Geschehen einfach beiseite. Sie ging neben ihm her und spürte noch die schwere Wärme seines Armes auf sich, obwohl er längst losgelassen hatte. Diesmal führte er sie auf der Strandpromenade in die entgegengesetzte Richtung, zur Südseite der Insel.

»Wohin gehen wir?« Sie blickte sich um.

»Warte es ab.«

»Ich bin nicht der Typ für Überraschungen.« Und doch hakte sie nicht weiter nach.

Sie hatten die letzten Häuser schon vor einer Weile hinter sich gelassen. Der Sandstrand lag menschenleer vor ihnen. Statt sich zum Wasser zu bewegen, wanderten sie ein Stück an den Dünen entlang.

»Wir sind da.« Andreas zeigte auf eine Stelle, wo der Sand sich trichterförmig in das Gras ausbreitete, was im Vorbeigehen durch die umherstehenden Büsche kaum zu erkennen war. »Mein Lieblingsplatz.«

Karin ließ sich in den Sand sinken. Man war einerseits durch den umliegenden Bewuchs geschützt, hatte gleichzeitig einen offenen Blick auf das Meer. Das gleichmäßige Rauschen, das von dort herüberdrang, verstärkte das Gefühl von Geborgenheit.

»Es ist wunderschön.« Alle Worte, die ihr einfielen, schienen zu blass, um die Wirklichkeit zu beschreiben.

Sie legte sich flach auf den Rücken. Ihre Arme breitete sie seitlich aus und drückte sie mit einer leichten Abwärtsbewegung in den Sand. Dann stand sie auf und betrachtete das Ergebnis.

»Ein Engel. Kennst du das Spiel?« Karin sah, wie er lächelte. »Wir haben es früher immer im Schnee gespielt.«

Er legte sich neben ihren Abdruck und tat es ihr nach. »Jetzt sind es zwei Engel.«

Sie lachte und setzte sich zu ihm, ließ ihren Kopf in seine Armbeuge sinken und schloss die Augen. Für einen Moment fürchtete sie, das Meer, der Strand und Andreas würden verschwinden, wenn sie die Augen wieder öffnete, bis sie seinen Atem kühl an ihrer Wange spürte und neben sich den Brustkorb, der sich gleichmäßig hob und senkte.

23. Kapitel

»Du bist zu spät«, sagte Jonas zur Begrüßung.

Karin sah auf die Uhr. Es stimmte. »Ich dachte, du wolltest im Zimmer bleiben und Chips essen.«

»Die sind alle.«

»Schön, dass du mitkommst. Wo soll es denn hingehen?« Sie sah fragend in die Runde.

»Du bist so …« Walter musterte sie und zwinkerte ihr zu.

»Nicht das, was du meinst.« Sie schüttelte den Kopf.

»Sondern?«

»Vielleicht erzähle ich es dir, wenn du mir sagst, wie gestern der Seetang in deine Haare gekommen ist.«

»Gehen wir zum Italiener«, sagte Walter.

Karin biss sich auf die Lippe. Das war so typisch für ihn. Nicht einmal seine Neugier brachte ihn dazu, seine eigenen Geheimnisse preiszugeben.

»Die Kamera lässt du besser im Hotel.« Sie stieß Leon an. So, wie er den Fotoapparat offen mit sich herumtrug und sorglos überall ablegte, war es nur eine Frage der Zeit, bis das Teil herunterfiel oder gestohlen wurde.

»Den brauche ich noch. Auf dem Rückweg muss ich Bilder machen.«

»Und was fotografierst du?«

Er drückte auf die Bildwiedergabetaste und reichte ihr den Apparat.

Die Aufnahme eines halb verwesten Fisches erschien. Eine tote Möwe, vom Wasser umspült. Eine vertrocknete Qualle am Strand. Karin schloss die Augen und öffnete sie wieder, versuchte, tief durchzuatmen. Das durfte nicht wahr sein!

»Warum hast du das fotografiert?«, fragte sie.

»Die Bilder sind ganz neu, alle von heute.«

Sie sah zu Walter. Es war unglaublich. »Und du warst dabei, als er sich die ekeligsten Motive ausgesucht hat, die es wohl auf der Insel zu finden gibt? Und was hast du getan? Einfach danebengestanden?«

»Ich weiß nicht, was das Problem ist.« Walter strich sich die Falten aus seiner Hose. »Leon interessiert sich für Zoologie und Tierschutz. Das ist durchaus ein unterstützungswürdiges Ansinnen.«

»Aha.« Sie spannte die Kiefermuskeln so stark an, dass sich in ihrem Ohr ein Grollen bildete, als würde ein Gewitter aufziehen oder ganz in der Nähe ein Linienflugzeug starten.

»Wenn die Schule anfängt, brauche ich die Bilder für mein Bioreferat«, sagte Leon.

Sie konnte sich nur zu gut ausmalen, wie er seinen Vortrag gestalten würde und welche Reaktionen das bei Mitschülern und dem Lehrer hervorrufen würde. Jetzt hatte sie die Chance, die Aufnahmen zu löschen. Sie betrachtete den Schaltknopf mit dem aufgedruckten Mülleimer. Doch es ließ sich nicht verhindern, dass Leon ein paar Stunden später die Motive wieder am Strand aufsuchte.

»Kannst du nicht einfach normal sein?«, seufzte sie. In diesem Punkt wären Alexander und sie wenigstens einmal einer Meinung. Sie musste sich mit ihm zusammensetzen, so bald nach der Rückkehr wie möglich. So ging es nicht weiter.

»Seid ihr endlich fertig?«, fragte Jonas. »Ich habe Hunger.«

»Gehen wir.« Sie wendete sich zur Tür. Sollte sich Alexander darum kümmern, Leons Interessen in andere Bahnen zu lenken. Die Stimme seines Vaters hatte für Leon ein ganz besonderes Gewicht. Was Alexander sagte, war noch wesentlicher für die Jungs als das, was Walter meinte. Sie wusste nicht, wie sie argumentieren konnte, um ihre Ansichten zu untermauern. Unzählige Stunden hatte sie mit Leon wegen ähnlicher Episoden schon diskutiert. Er sah es nicht ein: Es war abstoßend und in keiner Weise produktiv, sich auf Kadaver zu konzentrieren, welche Begründung er auch immer anführte.

»Gehen wir«, wiederholte Karin.

Nach dem Essen fühlte sich ihr Körper so schwer an, dass Karin am liebsten sofort ins Bett gesunken wäre. Sogar die Gedanken schienen langsamer zu fließen.

Sie überquerte die Straße vor dem neuen Leuchtturm, als ein Lieferwagen hupend knapp vor ihr anhielt. Der Fahrer gestikulierte. Fluchend sprang sie zur Seite.

»Mama?« Jonas zog sie weiter. »Ist dir nicht gut?«

Sie wischte sich mit dem Ärmel über die Stirn. »Leon, du gibst mir jetzt die Kamera!«

Leon war von ihrem ungewohnten Tonfall zu perplex, um zu widersprechen. Er reichte ihr den Fotoapparat. Mit diesem Gerät kannte sie sich aus. Sie öffnete die kleine, seitliche Klappe und zog die Speicherkarte heraus.

»Das kannst du nicht …« Leon ließ den Mund offen stehen.

»Es ist ein interner Speicher da. Der muss reichen. Aber wenn ich wieder irgendwelche Ekelbilder finde, ist die Kamera auch weg.« Die Speicherkarte würde Karin heute noch in einen Briefumschlag packen und an Alexander schicken. Ein Urlaubsgruß, damit er sich ein Bild machen konnte, womit sich sein Sohn beschäftigte. Vielleicht ergab sich dann doch eine Lücke in dem vollen Terminplan des allseits gefragten Arztes, um Leons Interessen in eine konstruktivere Richtung zu lenken. War es gemein? War es ein Ausdruck ihrer eigenen Hilflosigkeit? Sie sah keine Alternative.

Leon stand wie erstarrt.

»Geht ihr schon weiter«, sagte sie zu Walter und Jonas.

»Ich muss los.« Walter trat von einem Fuß auf den anderen. »Ein Termin.«

Karin sah den beiden zu, wie sie um die Ecke bogen.

Sie zog Leon zu einer freien Sitzbank am Leuchtturm, die von der Hecke eingerahmt wurde. Mit dem Rücken zum Turm und den Blick auf den Trubel der Fußgängerzone war es, als würde in dieser Sitznische die Zeit langsamer fließen.

»Ich mache mir wirklich Sorgen um dich.«

Leon schwieg. Er hatte seine Hände zu Fäusten geballt, die Beine eng übereinandergeschlagen und reckte das Kinn trotzig in die Höhe.

»Du bist sauer«, begann sie erneut.

»Soll ich mal anfangen, deine Sachen zu zerlegen und ein paar Teile davon einzukassieren? Wie wäre es mit deinem Handy. Ich nehme mal die SIM-Karte.«

»Leon, bitte.«

»Nein!«

Karin wollte seinen Arm berühren, doch er zog ihn weg. »Du interessierst dich für Tiere, aber deshalb muss man nicht gleich …«

»Du kapierst null. Wenn man sich genau mit den Tieren beschäftigt, kann man auch viel über die Menschen lernen. Gestern habe ich einen Film gesehen, der war der Hammer. Wusstest du, dass

Schimpansen genauso Kriege führen wie die Menschen, wenn sie ihr Revier vergrößern wollen?«

»Wenn du Tiere magst, warum fotografierst du sie dann nicht, wenn sie lebendig sind?«

Leon sah sie an, als hätte sie gefragt, wann am Borkumer Bahnhof der nächste Intercity hält. »Hast du das mit dieser alten Kamera mal probiert?«

Sie zuckte mit den Schultern.

»Wenn man auf den Auslöser drückt, ist jedes halbwegs lebendige Tier weg, bevor das Bild wirklich geschossen wird.«

Sie erinnerte sich. Dieses Problem hatte sie auch auf der Buchpremiere gehabt. Der Fotograf hatte kurzfristig abgesagt, und sie hatte vor der Alternative gestanden, selber Aufnahmen zu knipsen oder den Artikel unbebildert zu lassen. Dank dieser Auslöseverzögerung waren alle Fotos unbrauchbar geworden. Der Autor mit dem Blumenstrauß in der Hand hatte sich nur zur Hälfte auf dem Bild befunden, obwohl sie während der Verbeugung auf der Bühne abgedrückt hatte.

»Das heißt, dass du lieber lebendige Tiere fotografieren würdest?«, fragte sie. Konnte sie sich eine bessere Kamera für ihn leisten, um damit Möwen im Flug, Schmetterlinge und Bienen abzulichten?

»Du hast dir meine Fotos gar nicht richtig angeguckt. Die Möwe zum Beispiel. Die hatte an einem Flügel Öl. Und es kann sein …«

Sie hob die Hand. »Ich ertrage das einfach nicht. Diese Bilder machen mich fertig. Tod und Verwesung gibt es auf der Welt. Ja. Und trotzdem. Ich ertrage es nicht!«

»Okay.«

Sie sah ihn an. Was sollte das jetzt heißen?

Leon zuckte mit den Schultern. »Dann lasse ich es eben mit den Fotos.«

24. Kapitel

Fünf Sätze. Karin wickelte ein Papiertuch um die Füllerfeder und schüttelte, bis die Tinte wieder floss. Fünf Sätze, das war ein realistisches Tagespensum, um in den Roman hineinzufinden. Obwohl sie in absehbarer Zeit den Text nicht beenden würde, wenn sie diese Schreibgeschwindigkeit beibehielt, lag die Erwartung gleichzeitig wie eine unüberwindbare Hürde vor ihr. Sobald sie sich an die Arbeit begab, schien sich die Anzahl der möglichen Wörter ins Unendliche zu steigern, während die Menge der passenden Kombinationen daraus auf Null schrumpfte.

Es ging einfach nicht. Frustrierend war, dass sich die Blockade nur auf ihren geplanten Roman bezog. Die Kladde dagegen war schon zur Hälfte gefüllt. Oder sollte sie stattdessen lieber einen Reisebericht über die Insel schreiben? Dafür kamen ihr mehr als genügend verwertbare Ideen.

Sie setzte den Füller auf das Papier. Kurz dachte sie, Walters Stimme nebenan zu hören, doch der hatte sich vor einer halben Stunde verabschiedet. Ob sie kontrollieren sollte, dass sich Jonas und Leon bei dem Film, den sie herunterladen wollten, an die abgesprochene Altersbeschränkung hielten?

Sie stand auf und kehrte zum Tisch zurück. Wenn sie all ihre Ausflüchte, mit denen sie das Schreiben umging, notierte, wäre sie unübertroffen. Bei dem Gedanken musste sie lachen. Dabei hatte sie immer über diejenigen den Kopf geschüttelt, die über eine Schreibblockade klagten.

Karin nahm ihr Handy und googelte »Schreibblockade«. Fast dreihunderttausend Ergebnisse wurden in einer Viertelsekunde gefunden. Sie schraubte den Füller zu, klickte sich von einem zum nächsten Treffer.

Die Lösungsmöglichkeiten schienen vielfältig, aber alle, die auf ihr Problem zugeschnitten waren, hatte sie schon ausprobiert, vom Beginn in der Mitte über einen Ortswechsel bis zu dem Versuch, sich »warmzuschreiben«. War es sinnvoller, nach dem Wort »Romanblockade« suchen? Ob sie »Roman Blockade« meinte, wurde auf der Webseite gefragt. Das half nicht weiter.

Oder sollte sie zuerst das Handy ausschalten, anstatt ununterbrochen den Blick dorthin zu wenden in der Hoffnung, eine SMS sei eingegangen oder in direkt diesem Moment würde das Display aufleuchten und einen ankommenden Anruf anzeigen?

Bevor sie den Ausschaltknopf betätigte, schrieb sie noch eine SMS an Andreas. »Danke für den Vormittag. Sehen wir uns bald wieder? Karin.« Sie drückte auf »Senden«.

Als es an der Tür klopfte, schob sie reflexartig das Handy unter die Bettdecke.

»Ja!« Sie ging zur Tür und drehte den Schlüssel um.

»Mir ist so was von langweilig«, sagte Jonas.

»Kann ich gucken, ob Malte da ist?«, fragte Leon gleichzeitig.

»Und was ist mit dem Film? Und dieser Malte, ist das der Junge hier aus dem Ort? Und du gehst garantiert nicht anderswohin und kommst zurück, wenn er nicht da ist? Keine Fototouren!«

Leon zuckte mit den Schultern.

Karin löste ihre Armbanduhr vom Handgelenk und gab sie Leon. »Zwei Stunden.«

Er grummelte Unverständliches, rümpfte die Nase.

»Versprich es.« Sie schaffte es, seinen Arm zu fassen zu bekommen, bevor er im Treppenhaus verschwunden war.

»Ja. Habe ich doch gesagt.«

Sie ließ seinen Arm los und sah zu, wie er aus ihrem Blickfeld verschwand.

»Und dir ist langweilig«, wandte sie sich an Jonas.

Er lehnte mit verschränkten Armen am Türrahmen.

»Lies etwas.«

»Und was?«

»Ansonsten lern Englisch-Vokabeln. Hast du die nicht in diesem Lernprogramm gespeichert?«

»Warum kann ich nicht nach Frankreich? Ich habe auch schon mit Flo und Anna gesprochen. Sogar die Betreuer hätten nichts dagegen. Voll easy …«

»Du hast mit deinem Handy nach Frankreich telefoniert?« Sie schob den Gedanken an die folgende Handyabrechnung beiseite. Bestimmt hatte Jonas Stunden darauf verwendet, in aller Ausführlichkeit zu klären, ob und wie er nachkommen konnte.

Er zuckte mit den Schultern.

»Die Gespräche zahlst du von deinem Taschengeld.«

»Darf ich denn fahren?« Er sah durch sie hindurch.

»Nein.«

Jonas drehte sich um und verschwand in seinem Zimmer.

»Jonas!« Sie wollte irgendetwas Versöhnliches sagen, doch er reagierte nicht. Ihre Arme hingen schlaff am Körper. Sie schloss hinter sich die Tür, zog das Handy unter der Decke hervor.

Während sie Sabines Nummer wählte, ließ sie sich rückwärts aufs Bett sinken.

»Karin!«, meldete sich Sabine.

»Du glaubst nicht, was heute wieder passiert ist. Leon fotografiert Kadaver …« Karin musste sich zwingen, in ihrer Erzählung die Chronologie nicht zu verlieren. In ihren Gedanken vermischten sich alle kleinen und größeren Katastrophen, die Zweifel und die Unsicherheiten zu einem einzigen GAU.

Im Hintergrund war aus dem Telefon ein Klacken zu hören. Karin unterbrach ihren Bericht. »Was machst du gerade?«

»Milchreis kochen und die Spülmaschine ausräumen.« Sabine lachte. »Eine App müsste man erfinden, die die richtigen Antworten auf Teenagerfragen anzeigt. Wer das erfindet, wird reich.«

Karin prustete los.

»Und ich bin die erste Käuferin. Du hast das Problem ja nicht.« Sabines Tochter war drei Jahre älter als Jonas, doch der Altersunterschied allein konnte nicht die Erklärung sein.

Karin schüttelte den Kopf. »Vielleicht bin ich einfach unfähig.«

»Du verlangst zu viel von dir. Job, Kinder, alles managen, noch selbst den Wagenheber bei einer Reifenpanne auspacken. Dabei existieren sie, die Prinzen auf dem weißen Pferd, auch wenn sich meiner gestern von mir getrennt hat.«

»Und ich rede ohne Punkt und Komma, ohne dich zu fragen, wie es dir geht.«

»Kein Problem. Es ist vorbei, und mehr gibt es dazu nicht zu sagen.«

Karin atmete auf. Zum Glück hatte sie bei ihrer Erzählung den Vormittag mit Andreas unerwähnt gelassen. »Wenn ich zurück bin, lade ich dich zum Essen ein. Ein Tiramisu zum Nachtisch …«

»Und ich habe mir solche Hoffnungen gemacht.«

Karin hörte an der veränderten Stimmlage, wie ihre Freundin um Fassung rang.

Sabine schluckte hörbar. »Die ersten Wochen waren phänomenal. Ich hatte gehofft, dass Michael DER Mann wäre, und dann beendet er einfach die Beziehung. Wir können Freunde bleiben. Das glaubt er sogar.«

Karin dachte an ihre frühere Liebe zu Alexander. »Auf die Distanz funktioniert es, aber je näher man zusammenkommt, umso mehr häufen sich die Reibereien.«

»Endlich komme ich dazu, all die Bücher zu lesen, die sich auf dem Stapel vor meinem Bett angehäuft haben. Und genau damit fange ich jetzt an.« Sabine verabschiedete sich.

Karin steckte das Handy in die Hosentasche, so dass sie jederzeit erreichbar war, wenn Sabine noch einmal anrief. Sie massierte sich die Stirn. Lange Zeit hatte sie geglaubt, über die Trennung von Alexander hinweg zu sein, doch nun fühlte sie sich genauso niedergeschlagen wie damals, direkt nach der Scheidung.

Wenn sie die Augen schloss, spürte sie die Schwere von Jonas' kleinem Körper in ihren Armen, in denen sie längst Muskelkater vom dauernden Herumtragen bekommen hatte. Nur mit Mühe hatte sie die Augen nach der TAGESSCHAU offen halten können, um sich bis zu Alexanders Rückkehr aus der

Klinik wachzuhalten. »Ich brauche meine Freiheit«, hatte er unzählige Male betont, ohne zu fragen, wonach sie sich sehnte. Morgens für fünf Minuten duschen zu können, ohne einen schreienden Säugling im Nachbarraum. Eine Nacht durchschlafen. Dass jemand sich erkundigte: »Kann ich dir helfen?« Sie klammerte, so drückte Alexander es aus, rechtfertigte damit seine Flucht. War der Versuch, mit einer neuen Schwangerschaft etwas Verbindendes zu schaffen, von vornherein zum Scheitern verurteilt? Mehr als über Alexanders Verhalten war sie über ihre eigene Veränderung erschrocken gewesen. Wie hatte sie sich dazu hinreißen lassen können, regelmäßig sein Handy und seinen Schreibtisch zu durchsuchen?

Der Ton einer eingehenden SMS holte sie in die Gegenwart zurück. »Habe eine Picknickdecke gekauft. Morgen ein Frühstück in den Dünen? Sie haben Sonnenschein vorausgesagt. Andreas.«

Karin schluckte. Würde er auch diese Einladung schicken, wenn er wüsste, zu was für einem Kontrollfreak sie sich entwickeln konnte? Wer garantierte, dass sich diese Beziehung nicht so entwickelte wie die zu Alexander? Erst in dem Moment fiel ihr auf, dass beide Vornamen mit dem gleichen Anfangsbuchstaben begannen. War das ein Zeichen? Sie zögerte, dann schrieb sie in ihr Handy: »Morgen nicht, arbeite an meinem Roman weiter. Karin.«

Als sie die SMS absendete, fühlte sich ihre Nase verstopft an, die Luftröhre wie angeschwollen. Sie hustete und putzte sich die Nase. Damals hatte sie sich geschworen, sich nie wieder in solch ein Liebes-Gefühlschaos zu verstricken, die Unabhängigkeit nie mehr aufzugeben, sich nie mehr Hoffnungen zu machen und einem anderen die Macht zu überlassen, diese Hoffnungen zu enttäuschen. Rational stimmte sie dem noch immer vollständig zu. Trotzdem wollte der Kloß in ihrem Hals nicht verschwinden.

25. Kapitel

Zum Abendessen besorgte Walter eine Familienpizza. Das Gefühl von Enge in den Atemwegen hatte sich bei Karin verstärkt.

»Ich habe keinen Hunger. Hoffentlich bahnt sich nichts an.« Sie putzte sich die Nase.

»Leg dich besser hin, dann bringe ich dir einen Tee«, bot Walter an. Ihr Vater sah sie mitleidig an.

»So schlimm ist es auch nicht.« Sie setzte sich auf die Couch und sah den anderen beim Essen zu. Das war ihr lieber, als allein zu sein, was nur zu trüben Gedanken führen würde.

»Du siehst wirklich nicht gut aus.« Jonas hielt inne. »Ist irgendwas passiert?«

»Wie hast du dir denn den Nachmittag vertrieben?«, fragte sie. Bei ihr gab es nichts zu berichten. Nachdem sie die SMS verschickt hatte, hatte sie eine Antwort von Andreas genauso erhofft wie befürchtet. Doch jede Reaktion von ihm war ausgeblieben.

Walter räusperte sich und wartete, bis alle Blicke auf ihn gerichtet waren. »Es sollte eine Überraschung sein, aber ich will euch nicht länger auf die Folter spannen. Ich lerne surfen. Habt ihr die weißen Container gesehen zwischen dem Strand, wo die Strandkörbe stehen, und diesem Seehund-Naturschutzgebiet? Das ist die Surfschule. Board und Surfanzug habe ich erst mal gemietet. Bald habe ich den offiziellen Surfschein.«

»Ach, deshalb isst du uns die ganze Pizza weg.« Leon hob anerkennend den Daumen in die Höhe.

»Und daraus hast du so ein Geheimnis gemacht?«, fragte Karin.

»Wenn ihr wollt, könnt ihr morgen auch zusehen kommen.« Walters Körper straffte sich, seine Augen leuchteten.

Sie musterte ihn. Seine Begeisterung konnte nicht allein in dem Surfkurs begründet sein. Sie konnten »auch« zusehen. Wer sah noch zu? Sie schob den Gedanken beiseite. Es war zu frustrierend. Für Walter war das Leben ein einziger Abenteuerspielplatz.

»Heute müssen wir uns für den Abend etwas überlegen, um eure Mama aufzuheitern.« Walter zwinkerte ihr zu.

»Lasst mal gut sein. Ich gehe früh ins Bett, sehe fern, lese ein bisschen, und nach dem Aufwachen sieht die Welt ganz anders aus.«

Am nächsten Morgen schreckte Karin von lautem Stimmengewirr hoch. Sie setzte sich auf. Der Fernseher lief noch. Sie schaltete das Gerät aus, und sofort war alles still. Über den Häusern war das erste Morgenrot zu sehen, durch das gekippte Fenster wehte kühle Luft herein. Sie fühlte sich müder als am Vorabend. Nachdem sie sich ihre Schlafbrille aufgezogen und Ohropax in den Gehörgang gedrückt hatte, rollte sie sich auf ihrem Bett zusammen.

Im Halbschlaf sah sie plötzlich Alexander vor sich, wie er eine Picknickdecke vor ihr auf dem Boden ausbreitete. Karin riss die Augen auf. Für einen Moment klang Alexanders Stimme in ihr nach, wie er »Ich brauche meine Freiheit« sagte, bis ein Klopfen an der Tür sie in die Wirklichkeit zurückholte.

»Komme schon.«

Sie versuchte, mit den Händen die Knoten in den Haaren zu entwirren. Es ging nicht. Sie rieb sich über das Gesicht und öffnete die Tür.

Zuerst sah sie nur einen bunten Blumenstrauß, dann den braunen Haarschopf und lächelnde Augen dahinter. Andreas. Der Rosenduft ließ ihre Gesichtszüge entspannen.

»Deinen Jungs und deinem Vater bin ich unten auf der Treppe begegnet. Sie haben mir gesagt, wo ich dich finde.« Er reichte ihr die Blumen. »Freust du dich nicht?«

»Doch. Der Strauß ist wunderschön.« Es fühlte sich an, als würden sich ihre Gedanken verlangsamen.

»Warum gehst du auf Distanz?«

»So war das nicht gemeint.« Hinter ihrer Stirn pochte es, die Wangen prickelten vor Hitze. Sie war schon immer schlecht darin gewesen, ihre Gefühle zu verbergen.

»Dann bist du bestimmt mit deinem Roman ein ganzes Stück weitergekommen.«

»Warum lässt du mich nicht einfach in Ruhe?«

»Weil du mir zu viel bedeutest.«

Sie schluckte. Wann hatte ihr jemand zuletzt Ähnliches gesagt? Sie nahm den Blumenstrauß und ließ den Arm sinken.

»Wir wissen so wenig voneinander.« Sie dachte an den Filmkuss zwischen Audrey Tautou und Mathieu Kassovitz. »Die fabelhafte Welt der Amelie« hatte sie mindestens zehnmal gesehen. Warum lief das Leben nur nie wie im Kino ab? Wo blieben in der Realität die märchenhaften Zwei, die glücklich miteinander lebten bis ans Ende ihrer Tage?

»Das können wir ändern«, sagte er. »Mein Dienstplan hat sich verschoben, aber wir können das Picknick auf den Abend legen. Um acht hole ich dich ab. Nur wird es dann bald dunkel, und wir bräuchten Kerzen.«

»Ich kaufe sie.«

Er hob die Hand zum Abschiedsgruß. »Ich muss los.«

Ihre Gedanken an Alexander und auch an Sabines Beziehungsdesaster rückten in weite Ferne. »Dabei gibt es sie, die Prinzen auf dem weißen Pferd«, da war sich Sabine trotz allem sicher, eine Zuversicht, die sie selbst längst verloren geglaubt hatte.

Karin legte den Strauß ins Waschbecken und füllte Wasser ein. Zuerst würde sie eine Vase besorgen. Und anschließend für den Rest des Urlaubs die Vergangenheit und die Zukunft außen vor lassen. Heute hatte sie eine Verabredung, sie hatte Blumen geschenkt bekommen und konnte nicht behaupten, dass sie in seiner Gegenwart nichts empfand.

»Wow, wo hast du die denn her?«

Sie zuckte beim Klang von Leons Stimme zusammen.

»Die Tür war offen«, sagte er und hob die Hände wie zur Entschuldigung.

»Ich habe wohl nicht dran gedacht, sie zu schließen.«

»Du bist vergesslich in letzter Zeit.«

Sie drückte ihn an sich. Das stimmte. »Gleich unternehmen wir drei etwas gemeinsam. Ich war noch nicht auf dem Leuchtturm. Und wir kaufen ein Softballspiel.«

Leon trat von einem Fuß auf den anderen und knetete dabei seine Finger. Er sah sie kurz an, dann wieder auf den Boden.

»Was ist denn?«, fragte sie.

»Ich bin mit Malte verabredet.«

»Malte?«

»Weißt du doch. Er züchtet übrigens Kaulquappen. Wir wollen die Entwicklung protokollieren. Und wir haben angefangen, Wikipedia-Artikel zu überprüfen. Da stimmt einiges nicht. Und du glaubst nicht, wie schwer es ist, das zu berichtigen. Wenn dort steht, der Arenicola marina wird zwanzig bis vierzig Zentimeter lang, reicht es nicht, wenn du siehst, dass am Strand viele davon größer sind. Zweiundvierzig Zentimeter, davon haben wir bestimmt zehn Stück gefunden. Einer hatte sogar sechsundvierzig. Man kann nicht einfach Fotos machen mit einem Lineal daneben und es zum Beweis einstellen. Das haben wir versucht. Wir hatten uns mit der Aufnahme solche Mühe gegeben, damit nichts verwackelt. Und was meinst du, was passiert ist?«

Sie zuckte mit den Schultern. Arenicola marina? Was war das?

»Zwei Stunden später war alles, was wir geändert hatten an dem Text, wieder gelöscht. Krass, oder? Malte hat jetzt rausgefunden, wie wir es richtig machen müssen. Wir suchen in Büchern und im Internet nach Belegen für das, was wir schreiben. Das gibt man mit an, mit Klammern und Nummerierung.« Er hielt inne. »Aber das ist zu kompliziert für dich. Das interessiert dich bestimmt sowieso nicht.«

So kannte sie Leon gar nicht, wie er seine Erklärungen mit großen Gesten unterstrich, wie er sich auf das Zusammensein mit einem Gleichaltrigen freute. Bisher war Leon immer ein Einzelgänger gewesen, der – wenn überhaupt – lieber mit Älteren spielte.

»Ich finde es toll, dass du einen Freund gefunden

hast«, sagte sie. Das war Leon während seiner gesamten Schulzeit nicht gelungen. Sobald er begann, über Tiere zu fachsimpeln, ergriffen üblicherweise alle anderen Kinder die Flucht.

»Und Jonas hat auch keine Zeit. Der hat ein neues Spiel runtergeladen. Davon bin ich aufgewacht. Nur Walter hat weitergeschlafen. Wenn der pennt, hört der ja nicht mal, wenn draußen die Züge ankommen und abfahren.«

26. Kapitel

Nach den Sieben-Uhr-Nachrichten beobachtete Karin den Sekundenzeiger. Sie hatte sich die Haare bereits gewaschen und über einer Rundbürste glattgeföhnt, zur Jeans eine dunkelblaue Seidentunika angezogen, die sie am Vormittag gekauft hatte.

Während Jonas und Leon in ein Monopoly-Spiel vertieft waren, war Walter noch unterwegs, um seinen bestandenen Surfschein mit den anderen Kursteilnehmern zu feiern. Seine neu erwachte Abenteuerlust hatte den Vorteil, dass er zu beschäftigt war, sich damit zu befassen, von wem der Blumenstrauß in ihrem Zimmer stammte.

Eine Viertelstunde eher als verabredet klopfte es an der Tür. Karin sprang auf und öffnete. Auch im trüben Flurlicht strahlten seine Augen wie ein wolkenloser Himmel, sein Grübchen am Kinn verstärkte sich beim Lachen. Andreas umarmte sie – oder umarmte sie ihn? Sein Hals roch nach Aftershave, seine Haare nach Shampoo und sie kitzelten an ihrer Stirn.

»Du benutzt keinen Föhn.« Sie schmunzelte. Seine Haare waren noch feucht. »Dafür habe ich so lange zum Föhnen gebraucht, dass es für uns beide reichen müsste.«

»Wobei – ich mag die Wellen in deinen Haaren.«

»Heißt das, es gefällt dir so nicht?«

»Doch. Klar«, sagte er.

»Aber nicht wirklich.«

»Du bist immer schön.« Er lachte.

»Das sagst du nur so.«

»Es ist auch nicht leicht, dir ein Kompliment zu machen.«

Karin dachte an das Hemd, das er getragen hatte, als sie den Pfannkuchen gegessen hatte, und ihr missglücktes Lob. Sie schmunzelte, hakte sich bei ihm ein und zog die Tür hinter sich ins Schloss.

Beide Jungs wussten, dass ihre Mutter ausgehen wollte. Als sie neben ihm die Treppe hinunterging, fühlte es sich an, als hätte sie Flügel und könnte jeden Moment beginnen, zu schweben und in der Luft zu tanzen.

»Danke«, sagte sie, »für dich.«

Am nächsten Morgen hielt das Gefühl an, als würde die Erdanziehungskraft für sie nicht mehr gelten. Karin setzte sich im Speisesaal neben Jonas.

»Wenn du willst, dann fahr eben nach Frankreich«, sagte sie.

Jonas stellte seine Tasse so ruckartig ab, dass Tee auf die Tischdecke schwappte.

»Wie jetzt?« Mit weit geöffneten Augen sah er sie an und auch Walter und Leon schienen die Luft anzuhalten.

»Du musst das natürlich mit den Betreuern klären. Mit denen möchte ich vorher noch sprechen.«

»Okay, ich regle das.« Jonas stand auf.

»Und das Essen?« Karin zeigte auf das angebissene Croissant und das Rührei auf dem Teller. »Du hast doch gerade erst angefangen.«

»Bin gleich zurück.« Jonas rannte aus dem Speisesaal, als hätte er Sorgen, sie könnte ihre Einwilligung widerrufen.

Walter schüttelte den Kopf. Er sah sie mit zusammengekniffenen Augen an, als zweifelte er an ihrem Verstand.

»Gestern habe ich mit Andreas darüber gesprochen, und ich muss ihm recht geben. Wem ist damit gedient, wenn Jonas aus Trotz die Ferienzeit im Zimmer mit Computerspielen verbringt? In Frankreich hat er Bewegung und kommt unter Leute. Abgesehen davon ist er alt genug ...«

»Dem kann ich nur zustimmen.« Walter nickte. »Aber wer ist Andreas? Habe ich etwas verpasst?«

»Nicht so wichtig.« Karin zuckte mit den Schultern.

Leon grinste, und sie merkte, wie er sich auf seinen Joghurtbecher konzentrierte, um ernst zu bleiben.

»Erzähl!« Walter legte das Besteck beiseite.

»Du kennst ihn nicht.« Je nach Auslegung des Wortes »kennen« stimmte es sogar. Karin wollte keine großen Erklärungen und schon gar keine Rechtfertigungen liefern, nicht nach dem wundervollen gestrigen Abend. Walter würde diskutieren, über sein besonderes Verhältnis zu Autoritäten allgemein und der Polizei im Speziellen – dafür kannte sie ihn zu gut.

»Hier«, rief Jonas, als er wieder hereinstürmte. Er beugte den Oberkörper vor, stützte die Hände auf die Oberschenkel und reichte ihr sein Handy. »Bernhard. Der Leiter der Jugendgruppe. Es ist alles geklärt. Du kannst mit ihm sprechen. In zwei Stunden fährt die Inselbahn. Ich packe.«

Ehe sie antworten konnte, war er verschwunden.

Karin stand auf. Im Vorraum setzte sie sich in eine ruhige Ecke zum Telefonieren. »Brahms. Die Mutter von Jonas«, meldete sie sich.

Es sei kein Problem, die Reiseverbindung sei bereits herausgesucht, und Jonas werde vom Zug abgeholt werden. Die einzige Schwierigkeit sei das Umsteigen am Gare Montparnasse, doch das werde Jonas schon schaffen.

Karin schluckte, als sie sich Jonas auf einem der Pariser Bahnhöfe vorstellte.

»In Ordnung«, hörte sie sich sagen.

»Sie müssen nur noch unsere Informationsbriefe und die Einverständniserklärung durchlesen und einwilligen.«

»Mache ich.« Hatte sie das wirklich gesagt? Sie verabschiedete sich und legte auf, als ihr auffiel, dass sie vergessen hatte zu bitten, die Unterlagen dem Hotel zuzufaxen.

»Das Gepäck steht zur Abfahrt unten. Hier musst du unterschreiben.« Jonas reichte ihr drei Zettel, die geknickt und voller Eselsohren waren, und einen Kugelschreiber. Sie konnte es kaum glauben. Diese Papiere hatte er anscheinend tagelang oder wochenlang mit sich herumgetragen, das war unübersehbar.

»Du hast die ganze Zeit nur darauf gewartet, dass du nach Frankreich aufbrechen kannst?«

»Ich kenne dich besser als du dich selbst. Ich wusste, dass ich fahren durfte.« Er legte seinen Arm auf ihre Schulter.

Sie blinzelte die Tränen weg, die in ihr aufstiegen. Jetzt nicht sentimental werden. Plötzlich schien er ihr so groß, als wäre er über Nacht zwanzig Zentimeter gewachsen und dabei um zehn Jahre gealtert. Wie lang noch, bis er endgültig von zu Hause ausziehen würde?

»Du schaffst das«, sagte er.

»Hoffentlich kommst du gut an.«

»Mama!«

»Aber für den Notfall gebe ich dir dreihundert Euro mit. Dann kannst du ein Taxi zu einem Hotel nehmen und dort übernachten, wenn du nicht weiterweißt. Damit wir dich abholen können.«

»Ne. Lass mal. Die Fahrkarte habe ich schon auf dem Handy. Für die Verpflegung brauche ich auch nichts. Das Essen soll im Zeltlager super sein, meint Flo. Und der muss es ja wissen.«

Karin drückte ihn an sich. Er hatte so viel Zuversicht, strahlte so viel positive Aufbruchsstimmung aus, dass sie sich danach sehnte, noch einmal in seinem Alter zu sein, das ganze Leben vor sich zu haben.

»Mach's gut, mein Großer.«

»Erst mal haue ich auf Vorrat rein.« Er lachte, ging voran in den Speisesaal. Sie hasste Abschiede so sehr, dass allein der Gedanke daran ihr einen Kloß im Hals verursachte.

»Ich bringe dir einen Kaffee mit«, sagte Jonas mit dem Blick auf ihre Tasse und wandte sich in Richtung Buffet.

Sie beugte sich über die Einverständniserklärung. Die Buchstaben verschwammen vor ihren Augen.

»Du schaffst das schon.« Walter legte seine Hand auf ihren Arm, was das Gefühl von Enge beim Atmen nur verstärkte.

Sie atmete tief durch und setzte neben das Datum ihre Unterschrift, dann schob sie die Zettel schnell beiseite.

»Nicht einmal mehr zwei Stunden, und er fährt los«, flüsterte sie.

»Du hast Zeit für deinen Roman. Leon wird sowieso zu Malte gehen.«

»Stimmt.« Es klang, als wollte sie sich selbst überzeugen. »Aber zuerst bringen wir alle zusammen Jonas zum Schiff.«

Walter räusperte sich, kratzte sich am Kinn. »Bei mir klappt das nicht. Es war schon schwer genug, überhaupt eine Surfstunde an diesem Tag zu kriegen. Der reguläre Kurs ist ja beendet. Das kann ich nicht einfach verlegen.«

»Und wenn du sie ausfallen lässt?«

»Das ist Jonas doch nur peinlich, wenn wir um ihn rumstehen wie bei einer Staatsverabschiedung. Dann fehlt nur noch das Blasorchester.«

Karin sog geräuschvoll die Luft ein. Sie sah zu Leon hinüber. Er zupfte an seiner Serviette und sah nicht auf.

»Aber du kommst mit zum Schiff.« Sie las in seinem Gesicht die Antwort, bevor er sie ausgesprochen hatte.

»Hier, dein Kaffee.« Jonas stellte das Kännchen neben ihrem Teller ab und lächelte. Er setzte sich, erzählte von Frankreich, von Annas Liebe zu Flo, die Flo nicht erwiderte, von der Alpenüberquerung von München nach Venedig, die im folgenden Sommer geplant war. So lebhaft und gesprächig hatte sie ihn seit Jahren nicht mehr erlebt.

»Ich bringe dich noch zum Hafen«, sagte sie.

»Du willst dich mit in die Bahn quetschen?«

»Nicht?« Sie sah ihn an.

»Lass mal. Ich kann besser chillen, wenn ich alleine bin.«

27. Kapitel

Karin sah auf die Uhr. Vor zehn Minuten war das Schiff ausgelaufen. Sie stellte sich vor, wie Jonas auf Deck saß, sich den Wind durch die Haare wehen ließ und die Stirn der Sonne entgegenreckte.

Die Stille des Hotelzimmers schien alle Geräusche zu verstärken. Ihr eigener Atem wirkte plötzlich überlaut. Statt ihrer Romannotizen holte Karin ihre Kladde hervor. Sie musste schreiben, um das Gefühl loszuwerden, dass sie von innen explodieren müsse.

Wie so häufig, wenn sie allein war, tauchte der Gedanke an Alexander auf, wie aus dem Nichts. Ein inneres Löschprogramm wie beim Computer müsste es geben, so dass sie wenigstens für eine bestimmte Zeit diesen Namen und alles, was damit zusammenhing, aus dem Gedächtnis streichen könnte. Sie schob den Gedanken beiseite. Was war nur so schwer daran, die Vergangenheit ruhen zu lassen und jeden Tag neu zu beginnen? Wie schaffte Walter es, sich trotz des Verlustes von Ulrike in neue Abenteuer zu stürzen, obwohl er sie immer geliebt hatte? Oder handelte Walter so wegen seiner Liebe zu ihr, weil Ulrike auch nie an der Vergangenheit gehangen und sich nichts mehr gewünscht hatte, als dass er glücklich war?

Als Karin den Füller zuschraubte und aus dem Fenster sah, war es, als würde die Stille ein Eigenleben entwickeln. Sie wirkte nicht mehr nur wie ein Verstärker für das Knistern der Taschentuchpackung in ihren Händen, für ihre Atem- und Schluckgeräusche. Die Ruhe schien ihr von den Wänden des Hotelzimmers entgegenzubrüllen, eine undefinierbare Mischung aus Erinnerungsfetzen und Gedanken, so dass sie sich am liebsten die Ohren zugehalten hätte.

Seit fast zwanzig Jahren hatte sie sich nach Stille und Muße gesehnt. Nun, da sie beides auf einmal im Überfluss hatte, hatte sie Angst vor dem, was aus der Stille herauszukriechen schien, vor all dem, was sich jahrelang hinter dem Trubel versteckt hatte.

Zwei Seiten hatte sie für ihren Roman in den vergangenen drei Tagen geschrieben – definitiv viel zu wenig. Nur die Kladde füllte sich.

Andreas lachte, als sie ihm von der Ruhe im Hotelzimmer erzählte. Karin sah auf die Schiffe, die am Übergang vom Wasser zum Horizont ruhten. Die Sonne ließ das Meer silbrig strahlen. Sie lehnte sich zurück in den Sand und schloss die Augen.

»Schalte den Fernseher ein«, sagte er. »Als Hintergrundgeräusch. Du bist das Alleinsein nicht mehr gewöhnt, das ist alles.«

»Nicht mehr?«, fragte sie.

Wenn sie zurückdachte, war sie nie allein gewesen. Zuerst hatte der Trubel in Walters und Ulrikes Haushalt für sie eine Selbstverständlichkeit dargestellt. Die Haustür war meistens nur angelehnt, wie eine dauernd während Einladung. Ulrike war eine Meisterin darin, Suppen und Aufläufe zu kochen, die man durch die Zugabe von Milch oder gerösteten Brotstücken erweitern konnte, so dass eine Handvoll Personen zusätzlich davon satt wurde. Ihre Freundinnen waren begeistert, und so hieß es immer: »Treffen wir uns doch bei dir.« Karin fand es anstrengend, wenn es in anderen Familien wie von einer Schallplatte mit Sprung ertönte: Zieht die Schuhe aus, seid leise auf der Treppe, räumt das Zimmer auf. Ermahnungen dieser Art gab es von Walter nicht, in seiner Welt, die im Nachhinein wie ein kleines Bullerbü wirkte. Ihre eigene Wohnung, die sie mit dreiundzwanzig bekam, hatte sie selten betreten. Meistens ging sie nach der Uni auf Partys oder besuchte Alexander. Und nicht einmal ein Jahr später war Jonas gekommen, und mit der Ruhe war es endgültig vorbei gewesen.

»Ich war nie allein«, sagte sie und nahm Andreas' Hand.

»Solange du nicht vorhast, in einen Schweigeorden einzutreten, ist es doch in Ordnung, wenn du lieber Geschäftigkeit um dich hast. Ich brauche es genauso, unter Leute zu kommen, hin und wieder einen Nervenkitzel dazu. Deshalb bin ich auch nicht Bibliothekar geworden.«

»Aber ich möchte dieses Buch zu Papier bringen. Nicht immer nur über die Ideen und Events anderer berichten.« Karin beobachtete die Schäfchenwolken, die von Westen aufzogen.

»Dann geh zum Arbeiten in ein Café und schreib eine Geschichte über Walter. Sein Leben bietet bestimmt viele Anhaltspunkte. Was ist mit einem Urlaubsroman? Sonne, Meer, Liebe …« Er zwinkerte ihr zu.

Sie schüttelte den Kopf. »Es war schwer genug, ein Exposé zu verfassen, damit eine Agentur zu finden und noch dazu einen Verlag dafür zu interessieren. Das kann ich nicht einfach wegwerfen.«

Andreas zuckte mit den Schultern, goss ihr aus der Thermoskanne dampfenden Tee in den Becher.

»Heute Nachmittag«, sagte sie, »schaffe ich mindestens fünf Seiten, und das auch an all den folgenden Tagen bis zu unserer Abfahrt. Wetten? Um eine Flasche Sekt.« Diese Wette würde sie bestärken, und sie hatte nun zusätzlich eine Verpflichtung, wenn sie sich vor ihm nicht blamieren wollte. War es nicht bei allen Vorsätzen wie damals, als sie mit dem Rauchen aufhören wollte, was erst gelungen war, nachdem sie überall in der Redaktion und im Freundeskreis von ihrem Entschluss erzählt hatte?

Sie reichte ihm die Hand, und er schlug lachend ein.

28. Kapitel

Karin breitete den Block und die Notizen so gut es ging auf dem kleinen Hoteltisch aus. Zwei Kapitel hatte sie in den vergangenen Tagen geschrieben und so gut ausformuliert, dass sie sie kaum überarbeiten musste. Sie kam mit ihrem Roman voran, langsam, aber stetig.

Erst in vier Stunden wollte Leon von seinem neuen Freund zurückkommen. Walter hatte eine Verabredung, wie er mit leuchtenden Augen verkündet hatte. Sie sollte an diesem Abend besser nicht mehr mit ihm rechnen, hatte er gemeint.

Fünf Seiten. Karin zählte die Zeilen. Achtundzwanzig waren es pro Seite, hundertvierzig insgesamt. Sie zwang ihre Gedanken zum Exposé. Als sie die Füllfederkappe abdrehte, läutete das Handy. Jonas' Name erschien auf dem Display.

»Wir haben eine Riesentour geschafft. Am Ende ging es über einen Klettersteig. An der Schlucht fiel es direkt neben mir bestimmt hundert Meter nach unten ab zum Gebirgsbach. Das Gefühl kannst du dir nicht vorstellen.« Jonas erzählte, und es war, als würde ein jahrelang zurückgehaltener Mitteilungsdrang zum Vorschein kommen. Wie war es möglich, dass sich ein noch vor Tagen introvertierter

Jugendlicher, der sich nur für Computerspiele interessierte, so sehr veränderte? Erst nach einer halben Stunde hielt er inne.

»Ich hätte dir von Anfang an die Frankreichfahrt erlauben sollen«, sagte Karin.

»Und vor allem abends das Lagerfeuer …«

Unter die Freude, dass er die Reise und vor allem das Umsteigen in Paris allein geschafft hatte, mischte sich bei Karin eine leise Melancholie. Es schien ihr eine so kurze Zeitspanne vergangen, seit sie mit dem zahnenden Jonas auf dem Arm morgens um halb fünf durch die Wohnung gelaufen war. Wo war all die Zeit dazwischen geblieben? Sie hatte das Gefühl, in einem zeitlosen Raum zu schweben, ohne einen festen Anker zu finden.

Als sie das Gespräch beendete, waren zwei Stunden verflogen.

Jetzt noch schreiben? Von dem Schwung der letzten Tage war nichts mehr zu spüren. Karin sah zuerst auf die symmetrisch zur Tischkante ausgerichteten Notizen und den Füller, dann auf die Uhr. Rund eineinhalb Stunden blieben ihr bis zu Leons Rückkehr. Nach dem Abendessen mit Walter und Leon war sie mit Andreas verabredet. Er hatte Plätze in seinem Lieblingsrestaurant reserviert und wollte zusätzlich eine Überraschung vorbereiten. Das Versprechen, Walter beim Surfen zuzusehen, würde sie erst am folgenden Tag einlösen können. Die Zeit war zu knapp, um nun mit der Arbeit am

Roman zu beginnen. Was war frustrierender, als gerade in die Handlung eingestiegen zu sein und vom Tagesgeschehen direkt wieder unterbrochen zu werden?

»Hast du deine fünf Seiten geschrieben?«, fragte Andreas.

Sie hakte sich bei ihm ein. Obwohl die Sonne schon hinter den Dächern verschwunden war, fror sie ohne Jacke nicht. Die Pflastersteine der Fußgängerzone strahlten die am Tag abgespeicherte Wärme aus, und es war fast windstill. Der ideale Abend, um ihn im Freien zu verbringen.

»Nein.« Da half es nicht zu leugnen, er sah ihr die Wahrheit sowieso an.

»Dann schuldest du mir eine Flasche Sekt. Aber ich bin so nett und teile sie mit dir.« Andreas drehte seinen Kopf in ihre Richtung, und zuerst dachte sie, er würde sie küssen, bis sie merkte, dass er nur nach einem nahenden Pferdegespann gesehen hatte. Sah er zwischen ihnen nur eine platonische Freundschaft? Hoffte er überhaupt, dass sich mehr ergab? Sie hatte die im Ort gekaufte Seidentunika extra noch gewaschen und mühsam mit dem Föhn getrocknet und dabei glatt gezogen, was nicht einfach war, wollte man keine Falten und Knitter im Stoff entstehen lassen. Sollte sie stehen bleiben, ihn an sich ziehen und küssen? In Filmen sah es so unkompliziert aus, wäre sie eine ihrer Romanfiguren, wäre es auch kein Problem. »Sie küssten sich«, das schrieb sich so schnell. Doch der Moment dafür war bereits vorbei.

»Magst du mich eigentlich?«, fragte sie.

»Sonst wären wir jetzt nicht zusammen.« Andreas zwinkerte ihr zu.

»So meine ich das nicht.« Sie stockte. »Ob du dir mehr vorstellen kannst …« Endlich war es gesagt. Die Angst vor einer Zurückweisung war leichter zu ertragen als die Unsicherheit.

»Wir sind beide keine zwanzig«, sagte er.

»Also bin ich für dich ein netter Kumpel? Wir unternehmen etwas, und das war es?« Das erklärte, warum er auf ihre Komplimente von Anfang an mit Relativierungen reagiert hatte. Während es ihr im Alltag nicht gelang, ihre Gedanken zu ordnen, wirkte er kontrolliert. Sie taumelte von einem Missgeschick zum nächsten, und Andreas stand über den Dingen. War Sabine nicht die Einzige, die gerade eine Enttäuschung verarbeiten musste? Am liebsten wäre Karin ins Hotel zurückgekehrt, um die Reise abzubrechen.

»Wir wissen so wenig voneinander. Das hast du selbst gesagt. Mein Job ist alles andere als beziehungstauglich. Und ich nehme im folgenden Sommer eine neue Stelle in Hamburg an. Da gibt es noch einiges vorzubereiten.«

»Verstehe.« Sie löste ihren Arm von seinem. »Ich bin heute auch müde und will früh schlafen gehen.«

Er hielt sie fest. »So war das nicht gemeint.«

Sie spürte seinen Atem an ihrer Stirn, schloss die Augen. Jetzt. Jetzt würde es endlich passieren. Fahrradklingeln riss sie aus ihrer Erwartung. Er zog sie beiseite.

»Wir stehen im Weg«, sagte er. »Lass uns weitergehen.«

29. Kapitel

»Jedes Mal, wenn er mich küssen will …« Karin hielt inne. Wie konnte sie es Sabine erklären? »… dann kommt irgendetwas dazwischen.«

Sie hörte, wie Sabine schluckte.

»Sag was! Ich weiß, dass du gerade mit der Trennung genug zu tragen hast und das hier Luxusprobleme sind. Aber ich brauche jemanden zum Reden. Soll ich mich an Walter wenden? Das Tagebuch hilft auch nicht weiter. Da drehen sich meine Gedanken im Kreis.«

»Hat er nicht gesagt, dass du ihm mehr bedeutest als ein Kumpel?«

»Nicht direkt.« Wie hatte Andreas sich genau ausgedrückt? Karin versuchte, sich zu erinnern, doch in ihrem Kopf war nichts als Chaos.

»Und was ist mit dir?«

»Wie meinst du das?«

»Was willst du von ihm?«

Karin schloss die Augen. Wenn das nur so einfach wäre.

»Wie kommst du bei alledem zum Schreiben?«, fragte Sabine.

Daran wollte sie lieber nicht denken. Um eine Erstfassung zu erstellen, reichte die Zeit nicht mehr.

Höchstens ein Szenenplan konnte irgendwie fertigwerden.

»Endlich hast du ein Stück weit deine Freiheit zurück. Jahrelang hast du dich danach gesehnt. Und dann kommt der erstbeste Mann daher ...«

»Es ist nicht der Erstbeste!« Karin holte Luft. »Und auch nicht irgendeiner. Du kennst ihn gar nicht.« Sie erschrak über ihre Heftigkeit. Rational stimmte sie Sabine zu, aber das war nicht genug, um die gesamte Situation klarer zu sehen.

»Erst fragst du mich nach meiner Meinung, und wenn ich sie sage, gehst du an die Decke. Du warst diejenige, die immer von Unabhängigkeit geredet hat, davon, was du tun willst, wenn die Kinder größer werden.«

»Unabhängigkeit, was ist das mehr als eine Phrase?« Vielleicht lag es an der fortgeschrittenen Uhrzeit, dass sie keinen konsequenten Gedanken fassen konnte? Es war halb zwei. »Lass uns schlafen gehen, es ist schon spät.«

Nach dem Aufwachen fühlte Karin sich, als hätte sie am Vorabend die Sektflasche allein geleert. Das Gespräch mit Sabine klang in ihr nach, doch anstatt klarer zu sehen, verwirrten sich die einzelnen Elemente zu einem undurchdringlichen Knäuel: Gefühl und Rationalität, Sehnsucht, Eigenständigkeit, Romantik und das Bedürfnis, die Kontrolle zu behalten.

»Kommst du frühstücken?«, rief Leon durch die geschlossene Tür.

»Ich brauche noch zehn Minuten.« Diese Zeit würde nicht reichen, um am Frühstückstisch einen erholten Eindruck zu machen.

»Bis gleich«, sagte Leon.

Karin nahm Stift und Papier, um eine Liste zu schreiben:

duschen

Zähneputzen

anziehen

frühstücken

Wanderung am Strand?

Szene 12–14 planen (2 Seiten pro Szene)

Mittagessen / Mittagsschlaf.

Dann würde sie weitersehen.

Das Aufstehen fiel ihr leichter als gedacht, das Schwindelgefühl verschwand nach ein paar Sekunden. Manchmal waren ihre Listen wie Rettungsanker, an denen sie sich festhalten konnte. Der Tag, der anfangs noch wie ein Berg vor ihr gelegen hatte, wurde zu einer einfachen Abfolge logischer Schritte, die sich fast von selbst ergaben. Sie öffnete das Fenster und ging ins Bad. Die Luft, die hereinwehte, war kühl und feucht, doch Karin fror nicht.

Die Wanderung am Strand entfiel, da es zu regnen begonnen hatte. Die Tropfen peitschten gegen die Fensterscheiben.

Die zwölfte Szene lag in Schönschrift vor ihr, dann erklang aus einem der anderen Räume Musik. Über einer Mischung aus Rhythmusstimmen klang eine Saxophonmelodie überirdisch schwebend. Karin schluckte, sah aus dem Fenster in Richtung Polizeiwache und spürte, wie sich in ihrem Hals wieder der Kloß bildete, den sie am liebsten auf eine Angina geschoben hätte, wenn dort nicht gleichzeitig das Gefühl gewesen wäre, jeden Moment in Tränen auszubrechen. Was war mit ihrem Leben geschehen? Wo war die Sicherheit geblieben? Sie sehnte sich zurück, ohne das Zurück genau definieren zu können. Es war, als befände sie sich auf einer Rolltreppe, die sie mit sich zog, jedoch nur von Altbekanntem weg, ohne wirkliches Ziel.

Niemandsland. Sie schlug ihre Kladde auf und notierte den Begriff, als es an der Tür klopfte.

Sie öffnete. In seiner regennassen Jacke stand Andreas vor ihr, als hätte er geahnt, dass sie gerade beginnen wollte, über ihn zu schreiben, wie witzig sie ihn fand, wie er sie durch seine Nüchternheit zum Lachen bringen konnte.

»Ich habe mit einem Kollegen getauscht«, sagte er. »Wir haben den restlichen Tag für uns.« Nicht nur sein Mund, sondern sein gesamtes Gesicht lächelte.

Ja, sie hatte sich nach ihm gesehnt, würde ihm am liebsten um den Hals fallen, und doch – machte sie sich nicht lächerlich, wenn sie sofort alles stehen und liegenließ, wenn er unangemeldet auftauchte, vor allem nach dem, was er bei der letzten Begegnung zu ihr gesagt hatte? Sein Job sei alles andere als beziehungstauglich, sie hatte es noch genau im Ohr, wie er seinen Beruf vorgeschoben hatte, anstatt auf das einzugehen, was sich zwischen ihnen entwickelte.

»Was hast du denn vor?«, fragte er.

»Ich schreibe gerade.«

»Und du kommst gut weiter?«

Karin merkte, wie sie blinzelte, als wäre ein Sandkorn in ihr Auge gelangt. Sosehr sie sich bemühte, das Lid ließ sich nicht offenhalten.

»Ich sage dir eins. Es liegt am Thema«, sagte er.

»Du kennst dich gut mit dem Schreiben aus.« Sie ballte die Fäuste. Erst wies er sie zurück, und nun mischte er sich in ihre Arbeit ein? »Du liegst falsch. Es geht gut voran, wenn ich nicht andauernd gestört werde.«

»Wer laut wird, hat unrecht. Eine alte Weisheit, die mir schon oft in meinem Beruf geholfen hat. Obwohl … dir geht es doch um etwas ganz anderes. Du denkst noch immer an unser Gespräch bei der letzten Verabschiedung?«

Sie schwieg.

»Ich war vorsichtig, vielleicht zu vorsichtig. Aber ich wollte nicht abweisend sein. Es heißt nicht, dass du … dass du mir …«

Sie drehte sich um und stieß mit ihrem Ellbogen

gegen den Türrahmen. Der elektrisierende Schmerz strahlte bis in die Finger aus. Doch statt eines Bedauerns sah sie ein Schmunzeln in seinem Gesicht.

»Das musste ja passieren. Der Musikknochen.« Sie biss die Zähne zusammen. Das war so typisch. Warum konnte sie in seiner Gegenwart nicht einfach selbstsicher wirken, wie sonst auch? »Warum lässt du mich nicht einfach in Ruhe?«

»Verstehe ich dich richtig, dass du allein sein willst?«

»Ja.«

»Du weißt, wo du mich findest.«

Sie sah ihm nach, wie er im Aufzug verschwand. Nicht einmal verabschiedet hatten sie sich. Am liebsten wäre sie ihm nachgelaufen und hätte gleichzeitig jeden Gedanken an ihn aus ihrem Leben gestrichen. Es hatte keinen Zweck, weitere Treffen zu planen, solange sie keine Antwort auf Sabines Frage gefunden hatte. Was wollte sie von ihm – fernab von pubertärer Mädchenromantik? Wo war ihre Unabhängigkeit geblieben? Wo ihre Selbstsicherheit? Und warum führte sie sich in seiner Gegenwart wie ein Tollpatsch auf?

Karin schloss die Tür und ließ sich aufs Bett sinken. Alle Ideen, die sie vorher noch für ihren Roman gehabt hatte, waren verschwunden.

30. Kapitel

Er brauchte dringend eine Kopie seines Impfauswei-
ses, sagte Jonas am Telefon. Ob sie die Papiere nicht
heute zur Post bringen könnte? Im Hintergrund
wurden die Hits von Simon & Garfunkel zur CD-Be-
gleitung mitgesungen. Es hörte sich an, als wollten
Leon und Walter sich gegenseitig übertönen.

»Dein Impfpass liegt im Wohnzimmerschrank.
Alexander muss dir eine Kopie zufaxen. Er soll den
Haustürschlüssel von Sabine abholen, dann müsste
es klappen.«

»Hier ist kein Faxgerät. Die Kopien habe ich
schon zu Hause gemacht. Die liegen wohl noch in
der Nachttischschublade im Hotel. Oder irgendwo
auf dem Tisch. Vielleicht auch in der Kommode.«

»Deine Reisevorbereitungen waren fast perfekt
gewesen.«

»Kannst du es jetzt schicken?« Jonas diktierte die
Adresse, ohne ihre Antwort abzuwarten.

Sie schrieb mit. »Wenn es darum ging, auf der
Insel zusammen etwas zu unternehmen …« Was
war aus ihrer Familie geworden? Warum gelang es
nicht, einen gemeinsamen Nenner zu finden?

»Müssen wir das ausdiskutieren?« Jonas zog die
Stimme genervt in die Höhe.

»Es gibt wohl nichts zu bereden. Aber es war das letzte Mal, dass ich sofort und auf der Stelle alles stehen und liegen lasse, um für dich zu springen.«

»Wie bist du denn drauf?«

Sie schwieg. Die Musik im Hintergrund endete und wich einem Stimmengewirr.

»Mama?«, fragte Jonas. »Wenn es dir nicht gutgeht, kann ich auch zurückkommen.«

»Es tut mir leid. Ich habe überreagiert. In einer halben Stunde ist der Brief eingeworfen. Briefmarken müssten sogar in meinem Portemonnaie sein.« Sie beendete das Gespräch zügig, um der aufkommenden Melancholie keinen Raum zu lassen.

Im Portemonnaie befanden sich wirklich noch zwei Marken, der Umschlag ließ sich an der Hotelrezeption besorgen.

Karin ging zum Nachbarzimmer hinüber und klopfte an. Walter öffnete.

»Du siehst gar nicht gut aus, Kleines«, sagte er.

Sie tastete an der Jeans nach einem Taschentuch, fand aber keins.

»So schlimm?«, fragte er.

»Ich suche nur Jonas' Impfpass. Beziehungsweise die Kopie davon. Sie muss irgendwo im Zimmer sein.«

Sie war Walter dankbar, dass er nicht weiter nachfragte. Wie sollte sie erklären, was sie selbst nicht verstand?

31. Kapitel

Karin tauchte in das Menschengewirr am Bahnhof ein. Der Wind strich ihr über das Gesicht, und sie sah zum Himmel. Die Sonne stand tief, hatte aber trotzdem noch Kraft, so dass sie ihre Jacke nicht vermisste. Sie hielt den frankierten Briefumschlag und den Hotelschlüssel fest, um im Gedränge nichts zu verlieren. Als sie in die Seitenstraße einbog, wurde die Straße leerer. Dort sah sie auch schon den Briefkasten.

»Hallo, Karin.«

Sie drehte sich so schnell um, dass sie fast das Gleichgewicht verlor. »Andreas.« Sie sah ihn an, öffnete dabei die Briefkastenklappe. Ein metallisches Scheppern ließ sie innehalten. Der Schlüssel! Der Brief ruhte noch immer in ihrer Hand.

»Verdammt!« Sie schlug auf den Briefkasten ein, der sich keinen Millimeter bewegte. »Wie komme ich jetzt in mein Hotelzimmer zurück?« Die nächste Leerung würde laut des Aushanges erst am folgenden Tag stattfinden.

»Ich weiß, wer den Schlüssel zu den Kästen hat, und könnte mich drum kümmern. Dann schuldest du mir etwas.«

Er zwinkerte ihr zu.

»Wegen dir ist das doch nur passiert!«

»Eine interessante Auslegung der Schuldfrage. Das höre ich auf der Wache regelmäßig. Die Frau ist selber schuld, dass ich ihre Handtasche genommen habe. Warum hängt sie sie einfach über den Stuhl und passt nicht drauf auf?« Er grinste. »Oder verfüge ich über telepathische Kräfte, von denen ich nichts ahne? Die haben leider bei unserer letzten Begegnung versagt. Und auch jetzt schaffe ich es nicht, dass du sagst: Lass uns gleich noch gemeinsam weggehen.«

»Ich muss Leon ins Bett bringen.« Karin fragte sich, was sie gerade sagte. Wohin hatten all die Zweifel und rationalen Erwägungen sie geführt? Sie atmete tief durch. Möglich, dass sie Andreas nach der Abreise in vier Tagen nie mehr wiedersehen würde. Möglich, dass ihre Romanze – oder wie man das bezeichnen sollte, was sich zwischen ihnen entwickelte – keinerlei Zukunft hatte. Doch die Aussicht auf ein Glas Wein zusammen mit Andreas war verlockend.

»Dann eben später«, meinte er.

Es war, als versetzte seine Gegenwart die Luft um ihn herum in Schwingungen, auf denen sie wie eine Wellenreiterin fortgetragen wurde. Wenn er lächelte, konnte sie nicht anders, als es ihm nachzutun. Ja, sie verhielt sich in seinem Beisein lächerlich, unkonzentriert und inkonsequent. Ihn schien das nicht zu stören.

»Ist das ein Ja?«, fragte er.

»Das setzt voraus, dass ich vorher meinen Hotelschlüssel zurückbekomme.« Sie biss sich auf die Zunge. Was war so schwer daran, einfach zuzustimmen? Es war, als befände sich in ihr eine eigene Automatik, die genau das verhindern wollte.

»Warte hier.« Er lief los in Richtung der Inselbahn.

Karin lehnte sich mit dem Rücken an den Kasten und versuchte, ihre Gedanken zu ordnen. Sie wollte Abstand und einen kühlen Kopf gewinnen – das war ihr Plan gewesen. Und nun hatte sie sich wieder mit ihm verabredet. Sollte sie von dieser Tatsache erschreckt sein? Stattdessen fühlte es sich an, als würde mit dem Aufgeben der Vorsätze eine Last von ihr abfallen.

Es dauerte nur fünf Minuten, dann kehrte Andreas zurück in Begleitung eines älteren Herrn im Jogginganzug. Auf dessen T-Shirt befand sich ein blutroter Fleck in der Herzgegend, als wäre er gerade einem Mordanschlag entkommen. Er erwiderte ihren Blick und sagte: »Ketchup. Man lässt mir ja keine Zeit, mich umzuziehen.«

»Danke, dass Sie gekommen sind.« Karin reichte ihm die Hand und zwang sich, nicht weiter auf die rote Stelle zu starren. Er war bereits damit beschäftigt, den Briefkasten zu öffnen.

»Bitte schön. Man hilft ja gerne, wenn man kann.«

Er gab ihr den Schlüssel und hob den Arm zum Abschied. »Man sieht sich.«

»Willst du den Brief nicht einwerfen?«, fragte Andreas und deutete auf den Umschlag. »Am besten gibst du mir vorher den Hotelschlüssel oder noch einfacher …« Er nahm den Brief und ließ ihn durch den Schlitz gleiten.

»Das wäre jetzt aber nicht nötig gewesen«, sagte sie.

»Dass ich Anton geholt habe?«

»Du weißt genau, was ich meine.«

Er zwinkerte ihr zu und umfasste ihre Hand. »Während du Leon ins Bett bringst, ziehe ich mich kurz um.«

Sie sah an sich herab. In Birkenstock-Schlappen und verwaschener Jeans, die an den Knien schon weiß gescheuert war, konnte sie nicht ausgehen.

»In einer Stunde am Hotel?«, fragte sie.

32. Kapitel

Als sie zwanzig Minuten eher als verabredet aus dem Hotel kam, stand Andreas schon dort.

»Gehen wir noch an einem Geldautomaten vorbei? Nachdem Walter sich all mein Geld, ohne nachzufragen, ausgeliehen hat, um einen günstigen, gebrauchten Surfanzug zu kaufen ...« Sie schüttelte den Kopf. Das war typisch für Walter. Seine eigene Scheckkarte hatte er zu Hause gelassen, weil er meinte, grundsätzlich keine ungeplanten Ausgaben zu tätigen. Und mit einem solchen Angebot hatte er nicht rechnen können, was sie sicher verstand, so war seine Argumentation.

»Sei froh, dass dein Vater so fit ist«, sagte Andreas.

»Aber wehe, er wird nicht genug umsorgt, dann spielt er den Leidenden. Und das sehr überzeugend.« Es half nicht, sich über ihn aufzuregen. Walter war veränderungsresistent, wenn er selbst es nicht wollte. Man hatte keine andere Chance, als ihn zu akzeptieren, wie er war.

»Was hat er beruflich gemacht?« Andreas hielt die Tür zur Bank auf.

»Er hat Politikwissenschaften in Tübingen studiert. Kurz an der Uni gearbeitet. Anschließend ein Geschäft für Bastmatten eröffnet, die wurden aus

Frankreich importiert, sind dort eine regionale …
So ein Mist.« Sie hatte die falsche PIN eingegeben.
Wie lautete die Nummer? Je länger sie nachdachte,
umso mehr mögliche Zahlenkombinationen kamen
ihr in den Sinn. Andreas' Arm streifte ihren Rücken.
Sie spürte ein Kribbeln bis in die Beine.

»Du lenkst mich ab«, sagte sie.

»Ich sage doch gar nichts.«

Sie versuchte es noch einmal, gab die Sieben ein,
die Vier, die Neun, löschte die Neun, wählte stattdessen die Drei. »Das darf nicht wahr sein!«

»Am besten warte ich draußen.«

Auch als er gegangen war, lag sein Duft im Raum,
schien sie zu umfangen. Als sie zum dritten Mal
die falsche Zahlenkombination eingab, wurde die
Karte eingezogen. Sie schlug sich gegen die Stirn,
schloss kurz die Augen, dann kehrte sie ins Freie
zurück.

»Morgen, wenn die Bank öffnet, kriegst du die
Karte wieder. Ich kann dir solange etwas leihen.«
Andreas holte sein Portemonnaie aus der Hosenta-
sche.

»Denjenigen, der dafür den Schlüssel hat, den
kennst du nicht zufällig?«, fragte Karin.

»Leider nicht.«

»Mir bleibt wohl nichts anderes übrig, als mich
vor Schlitzen und Spalten zu hüten. Wer weiß, was
sonst noch alles verschwindet.«

Ihre Arme fühlten sich wie Flügel an, ihr Körper schwerelos, als sie ins Hotelzimmer zurückkehrte.

Als sie sich während des Essens gesagt hatte, dass es gleichgültig war, wie viele Missgeschicke ihr in seiner Gegenwart passierten, war es, als hätte jemand einen Fluch von ihr genommen. Sie hatte keinen Rotwein verschüttet, sich nicht gestoßen. Stattdessen hatten sie einfach beieinandergesessen und den Abend genossen. Sollten sie doch kommen, die Pannen, Fehlschläge und Lächerlichkeiten!

Es gab mehr als genug Argumente, die gegen einen gemeinsamen morgigen Tagesausflug mit Andreas sprachen: der Szenenplan, der beendet werden sollte, die statistische Chancenlosigkeit von Ferienflirts im Alltag allgemein, die Tatsache, dass sie jahrelang um ihre Unabhängigkeit gekämpft hatte. Inzwischen beeindruckte sie sogar die meisten Männer mit ihren Fähigkeiten, Autos zu reparieren und Laminat zu verlegen. Sie brauchte keinen Mann an ihrer Seite, das hatte sie sich immer wieder gesagt. Es stimmte auch. Und trotz alledem – sie musste ihn wiedersehen, sobald es nur ging.

Karin schloss ihre Zimmertür auf. Sie streifte die Schuhe von den Füßen, warf die Jacke in die Ecke und ließ sich aufs Bett fallen. Vor sich sah sie sein Gesicht mit dem Grübchen am Kinn, den hellblauen Augen, umrandet von den dunklen, kurzen Haaren. Sie stellte sich vor, mit dem Finger sein

Grübchen zu berühren, von seiner Nase bis zu den Ohren zu streichen. Für einen Moment glaubte sie, das Raue seiner Bartstoppeln an den Fingerkuppen zu spüren. Möglich, dass sie verliebt war und in seiner Gegenwart albern grinste. Sie wusste nicht, woher sie diese Unbeschwertheit nahm, aber sie genoss es. In seiner Nähe war es, als würde sie nach einer langen Winterwanderung mit einer dampfenden Tasse Tee empfangen.

Sollten alle über ihre Stimmungslage scherzen, sie würde in das Gelächter mit einstimmen. Die Zähne konnte sie sich auch nach dem Aufwachen noch putzen. Die Dusche lief nicht weg. Sie schloss die Augen, und ehe sie die Schlafbrille übergezogen hatte, war sie schon eingeschlafen.

33. Kapitel

Am nächsten Morgen wachte Karin kurz auf, als Leon ihr durch die geschlossene Tür zurief, er wolle nicht auf sie oder auf Walter warten, sondern direkt zu Malte gehen und dort frühstücken. Dessen Mutter hätte nichts dagegen.

»Meinetwegen«, rief sie.

Karin öffnete das Fenster zum Lüften, dann schlief sie wieder ein, bis es erneut klopfte.

»Komme!«

Sie sah auf die Uhr. Halb zehn? So lange hatte sie nie zuvor geschlafen. Sie ging zur Tür.

»Du siehst gut aus«, sagte Andreas.

Die Zugluft fegte ihre Papiere vom kleinen Tisch quer durch das Zimmer.

»Schnell rein!« Sie zog ihn zu sich und ließ die Tür mit einem Knall ins Schloss fallen.

»Hallo erst einmal.« Er umarmte sie.

»Ich muss dringend ins Bad, und jetzt dieses Chaos!«

Er bückte sich. »Die Zettel sind doch nummeriert. Gilt das für alle?«

Karin nickte, sah sich im Raum um. Sogar unter das Doppelbett waren die Papiere geweht.

»So habe ich etwas zu tun, während du duschst.«

Bevor sie widersprechen konnte, hatte er sich schon gebückt und begonnen, das Durcheinander zu ordnen.

»Bis gleich!« Sie zwinkerte ihm zu, dann schloss sie sich im Bad ein.

Diesmal erschien ihr die Zeitspanne ewig, bis das Wasser endlich warm wurde. Ungeduldig stieg sie unter die kalte Dusche, verteilte eilig Flüssigseife auf Körper und Haare. Beim Abspülen wurde das Wasser mit einem Mal so heiß, dass sie einen Aufschrei unterdrückte. Aus dem Nachbarraum war kein Laut zu hören. Es war ein seltsames Gefühl, Andreas bei ihren Aufzeichnungen zu wissen. Sie hatte zugelassen, dass jemand ihre Notizen längst vor der Veröffentlichung las? Was war mit ihr geschehen, die sonst ihre Texte nur nach mehrmaliger Überarbeitung offenlegte? Auch dass sie ihm im Schlafanzug ohne Make-up die Tür geöffnet hatte … Sie kannte sich selbst nicht wieder.

Sie wickelte sich ein Handtuch um die Haare, schlüpfte in den Bademantel und putzte sich die Zähne. Geschafft.

»Alles eingesammelt?«, fragte sie und versuchte, ihrer Stimme einen beiläufigen Klang zu geben.

Er reagierte nicht, so vertieft saß er über die Kladde gebeugt.

Sie lief zu ihm, schloss das Notizbuch und erhaschte kurz einen Blick auf die Seite, die er gerade aufgeschlagen hatte. Es waren die Eindrücke von ihrer ersten Strandwanderung. Sie sah es an den Wellen und der Sonne, die sie an den Rand gezeichnet hatte.

»Das nicht. Das ist privat«, sagte sie.

»Es war runtergefallen, und ich dachte … Tut mir leid.«

Sie drückte die Kladde an sich, als könnte sie dadurch sein Lesen im Nachhinein rückgängig machen. Was hatte er noch gelesen? Wie lange hatte sie unter der Dusche gestanden?

»Es ist eine sehr schöne Beschreibung vom Strand. Die Stelle auf der Landzunge kurz vor dem Naturschutzgebiet ist eine meiner liebsten. Immer denke ich, wie seltsam, dass dort nicht mehr Touristen entlangspazieren. Aber die Absperrung vor dem Robbengebiet wirkt wie eine Grenze, obwohl man weiter zum nächsten Strandabschnitt gehen kann.«

Sie blätterte die Papiere mit der Romanskizze durch. Alles war perfekt geordnet.

»Hast du auch das hier durchgelesen?« Sie hielt die Zettel hoch, bevor sie sie in der Nachttischschublade verschwinden ließ.

»Ist das der Roman, mit dem du nicht weiterkommst?«

Sie hatte das Gefühl, er erwarte eine Erklärung. Es war ein sehr dünner Stapel, und in Relation dazu hatte sie ihn viel zu häufig vertröstet mit dem Argument, an dem Roman arbeiten zu müssen. Es stimmte. Das Ergebnis war mehr als mager. Vielleicht war die gesamte Idee, beim Schreiben andere Wege als den Journalismus zu beschreiten, von vornherein zum Scheitern verurteilt? War es besser, bei dem zu bleiben, was sie gelernt hatte?

»Ich sollte alles zusammenknüllen und in den Mülleimer stopfen«, sagte sie.

»Warum schreibst du nicht über deinen Urlaub? Über Leon, wie er auf den Schienen der Inselbahn nach toten Tieren sucht. Und Walter bietet doch genug Anregungen.« Andreas lachte.

»Ich will einen ernsthaften Roman veröffentlichen. Über Identität. Unabhängige Frauen.«

»Warum keine Liebesgeschichte am Strand? Dafür hast du Aufzeichnungen im Überfluss.«

»Du lässt aber auch nicht locker!« Sie setzte sich auf einen Stuhl. Das war typisch für ihn, dass er glaubte, das Leben wäre so leicht und unkompliziert. »Schriftsteller tun mehr als einfach ihre Erlebnisse wiedergeben. Abgesehen davon: Was gebe ich als Hauptperson für ein Bild ab?«

Er zuckte mit den Schultern, als spielte das alles gar keine Rolle.

»Außerdem«, fuhr sie fort, »habe ich für meinen Roman schon die Bestätigung von der Agentur und einem Verlag. Es ist unmöglich, einen Entwicklungsroman anzubieten und Strandromantik zu liefern.« Sie schüttelte den Kopf. Wobei die Vorstellung, die Erstfassung in Form ihrer Tagebuchaufzeichnungen bereits vor sich zu haben, verlockend war. »Die beste und sicherste Tarnung ist immer noch die blanke und nackte Wahrheit. Die glaubt niemand!«, meinte Max Frisch. Plötzlich empfand sie das, was Frisch vor ihr geschrieben und gesagt hatte, nicht mehr als Bedrohung.

Ob sie es versuchen sollte? Theoretisch war es möglich, bei ihrem Agenten anzufragen, auch wenn sie sich wenig Chancen ausrechnete.

Nur scheiterte die Idee praktisch daran, dass sie nicht einmal eine richtige Mail versenden konnte ohne Laptop. Die Handytastatur war zu klein, um damit längere Erklärungen zu verfassen.

»Hast du einen Laptop, den du mir leihen kannst?«, fragte sie.

Andreas nickte. »Bringe ich dir sofort. Du willst es also doch probieren?«

»Vielleicht.« Ein Experiment war es wert.

34. Kapitel

»Versprich, dass du wirklich nachkommst!« Walter hielt die Türklinke in der Hand. Die Tasche, die er für seine Surfstunde gepackt hatte, schien viel zu groß und schwer für ihn zu sein; Karin zog ihn zur Seite, so dass er an ein Schiff erinnerte, kurz bevor es kenterte.

»Jetzt geh schon los, Leon und Malte warten auf deine Vorführung! Und ja, ich komme. Das habe ich bestimmt zehnmal gesagt.« Wo war nur das Handy und wo der Zimmerschlüssel? Der Raum war zu klein, um als Schlaf- und Arbeitszimmer gleichzeitig genutzt zu werden und zusätzlich von Leon als Ablageort für seine wachsende Sammlung von Muscheln und anderen Fundstücken.

»Ich kann auch den Ersatzschlüssel aus dem Büro besorgen«, bot Walter an.

»Wenn du mich ununterbrochen ablenkst, werde ich mit dem Suchen nie fertig.«

Ihr Vater murmelte Unverständliches, dann verabschiedete er sich, wandte sich ab, ohne die Tür zu schließen. Karin schüttelte den Kopf. Als sie auf dem Weg zur Tür über ihren Turnschuh stolperte, hörte sie ein metallisches Klacken. Der Schlüssel rutschte aus dem Schuh auf den Boden.

»Gefunden!« Sie rannte zum Gang, doch Walter war nicht mehr zu sehen. Vom Aufzug ertönte das Zischen, mit dem er sich wieder in Bewegung setzte. Sie wartete. Möglich, dass Walter zurückkam, weil er etwas vergessen hatte.

Nur Sekunden später öffnete sich die Aufzugtür. Andreas hob die Hand zu einem Gruß.

»Du hast mich erwartet?« Er hielt einen silbernen Gegenstand hoch.

»Mein Handy!« Sie umarmte ihn. »Nur muss ich jetzt los. Walter zeigt uns seine Surfkünste.«

»Ich hatte gehofft, dich entführen zu können. Aber kein Problem, dann schließe ich mich dir an.«

»Das ist vielleicht keine so gute Idee. Mein Vater …« Wie konnte sie es erklären? Sie zuckte mit den Schultern. Bisher war es ihr gelungen, ein Zusammentreffen von Walter und Andreas zu vermeiden. Obwohl es längst kein Geheimnis mehr war, mit wem sie ihre Abende verbrachte und mit wem sie sich auch sonst häufig traf, kannte sie Walters Vorbehalte, und er hatte keinerlei Hemmungen, diese öffentlich kundzutun. Sie wollte sich die mögliche Situation am Strand vor unzähligen Zuschauern gar nicht vorstellen.

»Wenn es nur so einfach wäre«, sagte sie.

»Willst du dir lebenslang von deinem Vater vorschreiben lassen, was du tun darfst?«

Sie hielt inne. Hatte Walter sie um ihre Meinung

gefragt, als während Ulrikes Aufenthalt im Pflegeheim die Nachbarinnen vor seiner Tür Schlange standen, um ihre Hilfe anzubieten, als er mit seiner übertrieben zur Schau gestellten Hilflosigkeit kokettierte und es scheinbar verlernt hatte, ein Tiefkühlgericht im Backofen zu erwärmen?

»Walter kann schwierig sein. Er meint es nicht so, wenn er offen sagt, was er denkt.« Sie schluckte.

»Ich bin problematischere Fälle gewöhnt.«

Karin gab sich einen Ruck. »Was soll es. Brechen wir auf!« Sie zog sich Schuhe und Jacke an, steckte das Handy ein und zog die Tür zu.

Je näher Karin dem Strand kam, umso mehr verlangsamte sie ihre Schritte. Von der See her wehte ein kühler Wind, der ihr in den Ohren dröhnte. Sie zog sich die Kapuze über, die sich um ihren Kopf aufblähte wie ein Ballon, bis sie die Kapuzenkordel fester anzog.

Hinter den Strandkörben waren die weißen Container der Surfschule zu entdecken. Daneben strahlte der rote Haarschopf von Malte in der Sonne. Leon stand auf, als er Karin und Andreas auf sich zukommen sah, und winkte sie herbei.

»Da!«, rief Leon und zeigte aufs Meer. »Im blauen Anzug. Mit dem rot-weißen Surfboard. Walter! Walter!«

Leon wedelte mit beiden Armen und sprang wie ein Flummi auf und ab.

Bei dem Versuch zurückzugrüßen, löste Walter eine Hand von der Griffstange und kenterte.

Aus dem Strandkorb, der neben ihnen lag, ertönte ein dreifacher Aufschrei. Karin drehte sich um. Drei ältere Frauen hielten sich die Hand vor den Mund.

»Walter …«, hörte Karin aus dem Gespräch heraus.

»Walters Fanclub«, sagte Malte.

Karin beobachtete, wie Walter versuchte, aufs Board zurückzukehren und das Segel wieder hochzuziehen.

»Das kann bei dem Wind gar nicht funktionieren! Er braucht Hilfe!« Sie sah sich um. Musste nicht jemand in der Nähe sein, der in solchen Notfällen eingreifen konnte?

»Walter hat den Surfschein. Er kann das. Guck! Jetzt hat er es geschafft.« Leon hakte sich bei ihr ein.

Die drei Frauen im Strandkorb klatschten Beifall.

Eine der Wellen ließ die Spitze von Walters Board in die Höhe schnellen.

»Es ist zu windig!«, rief Karin und sah sich hilfesuchend zu Andreas um.

»Die Landzunge mit der Seehundbank schirmt das Gebiet gut ab. Es ist nicht so gefährlich, wie es aussieht. Die Bedingungen sind ideal. Abgesehen davon ist der Priel nicht tief. Surfanfängern wie Walter kann gar nichts passieren.«

Je länger sie Walter zusah, umso deutlicher wurde, dass mindestens die Hälfte seiner scheinbaren Schwierigkeiten und seine ruckartigen Lenkbewegungen gespielt waren. Er wusste anscheinend genau, welche Reaktionen er bei seinen drei Zuschauerinnen auslöste. Sie schwankten zwischen Aufschreien, wenn ein Unheil drohte, bis zu begeistertem Applaus, wenn Walter wieder ruhig über das Wasser glitt.

Nach einer halben Stunde stieg Walter von seinem Brett und zog sein Board an Land. Es lag am Strand wie ein riesiger, abgestürzter Schmetterling. Karin winkte ihm zu. Er nickte kurz, dann ging er auf den Strandkorb zu, wo er mit Plätzchen von der Frau mit dem grauen Igelschnitt, mit einem heißen Getränk von derjenigen mit dem bunten Batikkleid und mit belegten Brötchen von der mit den Locken empfangen wurde.

»Es ist mein Opa«, sagte Leon stolz, bediente sich wie selbstverständlich aus der Plätzchendose und reichte die Dose zu Malte hinüber.

Karin musterte Walter. Ihr Vater genoss die Bewunderung. In seinem Surfanzug mit von der Sonne und vom Wind gebräuntem und geröteten Gesicht sah er mindestens zehn Jahre jünger aus als er war.

»Was zierst du dich so, Karin?« Er nahm sie bei der Hand. »Das ist meine Tochter. Eine erfolgreiche Journalistin und Schriftstellerin. Und diese hübschen, jungen Damen sind Ursula, Heidemarie und Hannelore.«

Karin spürte, wie sie errötete. Ihr Gesicht und ihre Ohren fühlten sich heiß an, ihr Puls schlug bis in die Fingerspitzen. Sie räusperte sich und grüßte in die Damenrunde.

»Sie entwickeln sich noch zum Surfprofi«, sagte Andreas zu Walter.

»Jetzt kennen wir uns schon so lang. Walter. Es klingt sonst so unpersönlich.«

»Andreas.«

Karin wechselte mit Leon einen Blick, und sie wusste, dass er dasselbe dachte wie sie. Walter war nicht nur über seinen eigenen Schatten gesprungen, es war, als hätte er mit Überschallgeschwindigkeit Welten durchquert.

35. Kapitel

Wo waren all die Urlaubstage geblieben? Karin setzte sich auf ihren Koffer, damit der Verschluss einrasten konnte. Die Strandspaziergänge mit Andreas, die Restaurantbesuche, die Vormittage in den Dünen, das alles sollte vorbei sein, wo es doch gerade erst begonnen hatte?

Sie sah sich in ihrem Zimmer um. Auf dem Nachttisch lagen der Wecker und die Kladden. Auch hatte sie den Badezimmerschrank noch nicht ausgeräumt. Dafür würde morgen genug Zeit bleiben. Sie ging in den Nachbarraum. Die Tür war offen. Walters Koffer und Taschen standen ordentlich gestapelt in einer Ecke, dahinter klemmte ein Surfboard. Walter lag auf dem Bett und las.

»Sag bloß, du willst dieses Surfboard mit nach Hause nehmen?« Karin fuhr mit den Fingern über den glatten Kunststoff. »Und wo hast du das überhaupt her?«

»Damit ist meine Ausrüstung vollständig. Bei uns in der Nähe gibt es gute Möglichkeiten zu trainieren. Ich darf doch nicht völlig aus der Übung kommen.«

»Und dann noch so ein Monsterteil.« Karin stellte das Board neben sich auf. Es überragte sie um eine Armlänge. Es hatte den Anschein, als hätte Walter das größte Surfboard gekauft, das er auf der gesamten Insel auftreiben konnte. Sie schüttelte den Kopf.

»Das Surfboard trägt super und lässt sich leicht anpaddeln. Viele kaufen sich ein zu kleines Board, weil sie nicht wissen, dass es auf das Volumen ankommt. Und vor allem guck dir mal die Biegung an. Besser geht es nicht.«

»Soll das aufs Dach gebunden werden? Wir haben nicht einmal eine dieser Befestigungsvorrichtungen, und deswegen riskiere ich keinen Unfall, wenn sie uns damit überhaupt auf die Fähre lassen.«

»Wir klappen den Rücksitz zur Hälfte um, schieben es nach vorn durch. Leon und ich, wir sitzen dann hinten, rücken etwas zusammen. Für zwei Personen reicht der Platz.«

Für einen Moment schloss Karin die Augen. Sie kannte Walter zu gut. Widerspruch war zwecklos. Niemals würde er das Surfboard zurückgeben.

»Und wo ist Leon?« Karin sah sich um. Sein Koffer lag geöffnet und leer neben seinem Bett.

»Ist noch einmal mit Malte unterwegs auf zoologischer Expedition.« Walter zwinkerte ihr zu. »Willst du dich nicht von deinem Andreas verabschieden?«

»Ihr« Andreas? Ehe sie protestieren konnte, zeigte der Signalton ihres Handys eine eintreffende Mail an. Sie öffnete den Posteingang und las. Eine Nachricht von ihrem Literaturagenten. »AW: Anfrage neue Romanidee, Sommerroman«, stand dort. Sie schluckte. Die Antwort war schneller gekommen als erhofft.

»Liebe Frau Brahms,

vielen Dank für die Zusendung Ihres Exposés zu dem Roman ›Inselsommer‹. Sprachlich überzeugt der Text, und auch inhaltlich sehe ich Potential in der Idee. Um das Manuskript anbieten zu können, muss die Leseprobe erweitert werden, aber bereits jetzt kann ich sagen, dass wir gerne die Vertretung übernehmen.«

Karin musste sich setzen. Es war unglaublich! Das Handy rutschte ihr zwischen den Fingern hindurch. Nur mit Mühe gelang es ihr, den Sturz aufzuhalten.

»Ich werde Romanautorin!« Sie drückte Walter an sich.

»Das sagst du doch seit Jahren.« Er sah sie verständnislos an. »Hast du das nicht schon zu Grundschulzeiten verkündet?«

»Ich habe eine fertige Erstfassung. Meine Kladden! Ich schreibe über Borkum. Einen Sommerroman.« Hatte sie ihre Zimmertür offengelassen? Was, wenn jemand die Kladden einfach an sich nahm? Sie musste nachsehen, sofort.

»Aber über mich schreibst du nicht!«, rief Walter ihr nach.

Die Kladden lagen noch an ihrem Ort. Karin atmete auf.

»Mich lässt du aus deinem Roman raus.« Walter stand im Türrahmen und stemmte die Hände in die Hüften. Seine Stirn war gerötet, und seine Nasenflügel bebten.

»Ich schreibe doch nie ein Buch, das hast du selbst gesagt.« Sie zwinkerte ihm zu.

»Wehe!« Walter verabschiedete sich kopfschüttelnd.

Was Andreas wohl zu der Nachricht sagen würde? Er hatte recht: Sie brauchte nur hinzusehen und alles, was sie sich wünschte, war bereits da. Sie wählte seine Handynummer, dann seinen Festnetzanschluss. Auch nach dem zehnten Versuch waren nur Anrufbeantworter oder Mailbox zu erreichen. Karin drückte die Stirn gegen die Fensterscheibe und sah zur Polizeiwache hinüber. Sosehr sie das Gefühl hatte, innerlich zu platzen, wenn sie ihm die Neuigkeit nicht sofort erzählte, so wollte sie es nicht zwischen Tür und Angel im Beisein seiner Kollegen tun.

Als Walter und Leon sich abends zurückgezogen hatten, hielt Karin es nicht mehr aus. Sie wählte die Nummer der Polizeiwache. Ob sie Kommissar Wegner sprechen könnte?

»Der ist bei einem Einsatz. Kann ich etwas ausrichten?«

Es sei nicht so wichtig, sie probiere es später noch einmal.

Karin ließ das Handy sinken. Was, wenn er auch morgen früh nicht erreichbar sein würde? War es möglich, die Rückreise zu verschieben?

Um zwei Uhr schrieb sie ihm eine SMS, dass er unbedingt zurückrufen sollte. Dieselbe Nachricht sprach sie auf seine Mailbox, den Anrufbeantworter bei ihm zu Hause und richtete es seinen Kollegen in der Wache aus. Dann sah sie zum letzten Mal auf die Armbanduhr, bevor ihr die Augen zufielen.

36. Kapitel

»Aufwachen! Karin!«

Sie fühlte, wie jemand an ihrer Schulter rüttelte. Im ersten Moment wusste sie nicht, wo sie sich befand.

Walter beugte sich über sie. Sein Atem roch nach Zahnpasta. Sie sah sich um. Das Hotel. Sofort liefen ihre Gedanken schneller, bis sie sich fast überschlugen. Der Sommerroman. Die Rückmeldung dazu. Andreas?

»Wir müssen los. Willst du vorher noch frühstücken? Inzwischen räumen Leon und ich das Gepäck ins Auto. Gezahlt habe ich schon, und der Wagen parkt vor dem Hotel.«

Karin schüttelte den Kopf, wollte etwas erwidern, aber ihre Stimme versagte.

»Hast du irgendwelche Tabletten genommen oder zu viel getrunken?« Walter musterte sie.

»Nein! Wie bist du eigentlich hier reingekommen?«

»Der Zweitschlüssel aus dem Büro. Leon hat gegen deine Tür gehämmert, lauter als jedes Silvesterfeuerwerk. Und du hast nicht reagiert.«

Sie massierte ihre Schläfen. Die Augen brannten vor Müdigkeit. Ihr Nacken fühlte sich verrenkt an.

Der Kopf ließ sich nach links drehen, doch nur wenige Zentimeter in die andere Richtung. Vielleicht konnte sie mit einer heißen Dusche etwas erreichen?

»Geht es dir nicht gut?«, fragte Walter.

»Alles bestens.« Sie stand auf und zog sich ihren Morgenmantel über. Aus dem Bad holte sie sich ein Glas Leitungswasser. Es schmeckte metallisch.

»Darf ich reinkommen?« Von rechts hörte sie Andreas' Stimme, wie er nach ihr rief. Als Karin sich ruckartig zu ihm umdrehte, knackte ihr Halswirbel. Ein stechender Schmerz ließ sie aufschreien. Sie atmete tief durch. Die Blockade war kaum noch zu spüren.

»Es gibt Neuigkeiten!« Sie hielt ihr Handy hoch, dann öffnete sie das Mailprogramm und reichte ihm das Gerät. »Das musst du lesen!«

Er hatte seine Uniform an, unter seinen Augen befanden sich dunkle Ringe. Sie sah, wie er schluckte.

»Das ist phantastisch!« Er umarmte sie.

All ihre Müdigkeit und Erschöpfung waren von einer Sekunde auf die nächste verschwunden.

»Ich bringe dein Gepäck runter.« Walter zog den Koffer hinter sich her.

Ein Windstoß ließ zeitgleich das gekippte Fenster und die Zimmertür zufallen. Mit dem Knall verschwanden das Geratter der einfahrenden Inselbahn und das geschäftige Treiben auf dem Ho-

telflur, als hätte jemand einen Fernseher ausgeschaltet. Stille.

»Wir fahren bald«, sagte sie mehr zu sich als zu
Andreas.

»Ich weiß.«

Karin spürte seine Hände an ihrer Hüfte, seine
Lippen an ihren Lippen. Er schmeckte nach Pfef-
ferminz. Sie schloss die Augen, und wieder war es
da, das Gefühl, schwerelos zu sein, zu schweben,
weit über alle Orte und Zeiten.

Andreas strich eine Haarsträhne aus ihrem Gesicht.

»Ich komme im Herbst zurück«, sagte sie. »Das
Zimmer ist schon reserviert.«

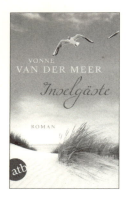

VONNE VAN DER MEER
Inselgäste
Aus dem Niederländischen
von Arne Braun
204 Seiten
ISBN 978-3-7466-2701-4

Hinreißender Sommerreigen

Im Ferienhaus »Dünenrose« auf einer Nordseeinsel gehen die Gäste ein und aus. Aus sicherem Abstand kommentiert die Putzfrau das Kommen und Gehen der Besucher. Zu gern erführe sie mehr über deren Schicksale, aber Zeuge all der Träume und Geheimnisse wird allein der Leser.

»*Unbedingt im Strandkorb lesen – oder im Ferienhaus.*« MARIE CLAIRE

»*Ein sonnendurchwärmter Roman.*« DIE ZEIT

»*Was uns an den Geschichten anrührt, sind die sehr feine Zeichnung der Charaktere und die eindringliche Schilderung von Erlebnissen, die leicht unsere eigenen sein könnten.*« F.A.Z.

Mehr Informationen erhalten Sie unter www.aufbau-verlag.de
oder in Ihrer Buchhandlung

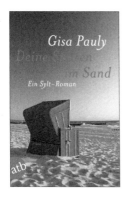

GISA PAULY
Deine Spuren im Sand
Ein Sylt-Roman
160 Seiten
ISBN 978-3-7466-2906-3
Auch als E-Book erhältlich

Liebe, Sand und Sylt

Emily steht als Sängerin auf der Höhe des Ruhms. Doch glücklich ist sie nicht geworden. Berno, ihre letzte Liebe, hat sie schwer enttäuscht, und dann noch dieser Eklat während einer Talkshow! Emily will nur noch eins: Weg! Sie flieht nach Sylt, wo sie aufwuchs. Zwanzig Jahre war sie nicht mehr dort. Nun steht sie ihrer Vergangenheit gegenüber, dem Geheimnis ihrer Eltern, das sie mit ins Grab nahmen, und ihrer Jugendliebe. Aber auch auf Sylt bleibt sie auf der Flucht: vor den Reportern, vor Berno, der sie zurückgewinnen will, und vor einem Traummann, der keine Ahnung hat, in wen er sich verliebt hat.
Eine wunderbare Liebeserklärung an die Insel Sylt.

Mehr Informationen erhalten Sie unter www.aufbau-verlag.de
oder in Ihrer Buchhandlung

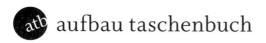

KATHARINA PETERS
Hafenmord
Ein Rügen-Krimi
316 Seiten
ISBN 978-3-7466-2815-8
Auch als E-Book erhältlich

Rügen sehen und sterben

Romy Becarre glaubt auf Rügen, ein wenig zur Ruhe zu kommen. Doch kaum hat sie sich auf ihrer neuen Dienststelle eingerichtet, hat sie ihren ersten Fall. Nach einem anonymen Anruf findet die Polizei auf dem Gelände einer Fischfabrik im Sassnitzer Hafen die Leiche des seit anderthalb Tagen vermissten Kai Richardt. Der 45-jährige Geschäftsmann, Familienvater und Triathlet aus Bergen, verlor im Keller eines Lagerhauses sein Leben. Bei der Durchsuchung des Lagerhauses stößt Romy auf eine zweite Leiche. Das Skelett einer Frau wird gefunden, die im Jahr 2000 spurlos verschwand, als sie auf der Insel merkwürdigen Geschäften des toten Richardts nachging. Doch wo ist der Zusammenhang zwischen den beiden Mordfällen?

**Mehr Informationen erhalten Sie unter www.aufbau-verlag.de
oder in Ihrer Buchhandlung**

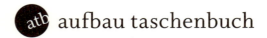

Noch eine Runde träumen?

„Kommen Sie uns jederzeit in Keitum besuchen, und bleiben Sie, so lange Sie wollen." Immer wieder liest die 45-jährige Hamburger Galeristin Paula die Einladung auf der Karte mit dem reetgedeckten Haus.

Seit Wochen geht ihr Vincent nicht aus dem Kopf. Dabei ist sie, bis auf ihre Kinderlosigkeit, doch glücklich in ihrer Ehe mit Patrick – oder ist es nur die Gewohnheit, die da spricht? Soll sie einen Neuanfang wagen oder festhalten, was sie hat?

Ein Inselurlaub als Gast der Buchhändlerinnen Bea und Larissa soll helfen, Klarheit in Paulas Gedanken und Gefühle zu bringen ...

VERLAGSGRUPPE
Droemer Knaur*
So liest man heute